BEN COSTA & JAMES PARKS

A ESCOLA DE AVENTUREIROS

EM BUSCA DA PEDRA DOS DESEJOS

TAMBÉM DE BEN COSTA & JAMES PARKS

**A ESCOLA DE AVENTUREIROS 1:
O LABIRINTO DE COGUMELOS**

**A ESCOLA DE AVENTUREIROS 2:
A FÚRIA DOS EXILADOS**

A ESCOLA DE AVENTUREIROS

EM BUSCA DA PEDRA DOS DESEJOS

TRADUÇÃO:
ADRIANA KRAINSKI

COPYRIGHT © 2024 BY BEN COSTA AND JAMES PARKS
COPYRIGHT © DUNGEONEER ADVENTURES 3: QUEST FOR THE WISHING STONE
COPYRIGHT © FARO EDITORIAL, 2024

Todos os direitos reservados.
Nenhuma parte deste livro pode ser reproduzida sob quaisquer meios existentes sem autorização por escrito do editor.
Milkshakespeare é um selo da Faro Editorial.

Diretor editorial **PEDRO ALMEIDA**
Coordenação editorial **CARLA SACRATO**
Assistente editorial **LETÍCIA CANEVER**
Revisão **ANA PAULA UCHOA**
Adaptação de capa e diagramação **DEBORAH TAKAISHI**
Capa e design interior **DAN POTASH E MIKE ROSAMILIA**

Dados Internacionais de Catalogação na Publicação (CIP)
Jéssica de Oliveira Molinari CRB-8/9852

Costa, Ben
A escola de aventureiros : em busca da pedra dos desejos / Ben Costa ; tradução de Adriana Krainski ; ilustrações de James Parks. -- São Paulo : Faro Editorial, 2024.
256 p. : il.

ISBN 978-65-5957-618-0
Título original: Dungeoneer Adventures 3: Quest for the Wishing Stone

1. Literatura infantojuvenil I. Título II. Krainski, Adriana III. Parks, James

24-3516 CDD 028.5

Índices para catálogo sistemático:
1. Literatura infantojuvenil

1ª edição brasileira: 2024
Direitos de edição em língua portuguesa, para o Brasil, adquiridos por FARO EDITORIAL.

Avenida Andrômeda, 885 — Sala 310
Alphaville — Barueri — SP — Brasil
CEP: 06473-000
www.faroeditorial.com.br

Para JJ, o mais novo membro da família Parks

CAPÍTULO

1

Você já teve a impressão de ter opções demais? Tipo quando um cardápio é muito grande e você não sabe o que escolher? Ou qual edição antiga da *Revista do Aventureiro* você vai ler pela milésima vez? Ou quando você não consegue decidir se prefere bolo ou torta? Você prefere bolo, né? Não, calma! Torta é melhor. Não consigo decidir. Socorro, cérebro bugado!

Bem, é exatamente assim que me sinto à medida que caminhamos pelo mesmo corredor de pedra sem graça pela quinquilhonésima vez. Em todos os lugares para onde olhamos, há uma outra passagem. Mas qual devemos pegar? Nós já passamos por aqui antes? Não lembro...

— Estamos perdidos! — Daz afirma, irritada.

— Bom, nós estamos num labirinto — Oggie a lembra. — Só precisamos escolher o caminho certo.

— Ah, é assim que um labirinto funciona? — Mindy pergunta com sarcasmo. — Obrigada, eu não tinha entendido o conceito.

— Tá legal! — Oggie dá de ombros. — Mas será que alguém pode me explicar de novo o que este labirinto tem a ver com a aula de Ética da Aventura?

— Boa pergunta — eu respondo. — Mas vamos tentar nos concentrar. As outras equipes já devem ter encontrado o tesouro! Muito bem, pra que lado nós ainda não fomos? — Olho para os três corredores escuros a nossa frente.

— Para a esquerda — Daz informa.

Oggie coça o queixo peludo e contrapõe:

— Não, eu podia jurar que era para a direita.

— Vocês dois estão errados — Mindy os corrige, apontando para um mapa improvisado rabiscado em um bloco. — Tenho praticamente certeza de que ainda não fomos pelo caminho do meio. Quer dizer, isso se não for um corredor idêntico feito só para nós confundir, o que é bem possível. Afinal de contas, dizem por aí que nenhum estudante JAMAIS conseguiu chegar ao fim desta caverna.

Fico tonto ao pensar nas passagens secretas e imagino décadas de alunos se sentindo frustrados neste labirinto complicado.

— Olha, acho que confundir os alunos não seria algo muito ético para uma matéria de ética.

— Viu? É isso que estou dizendo! — Oggie sorri.

— Então, vamos pelo caminho do meio — Daz decide.

E aí, começamos a descer o corredor juntos, agora iluminado pela tocha. Logo as pedras sem graça dão lugar a mosaicos de ladrilhos coloridos que decoram as paredes, riscadas com uma espécie de escrita hieróglifa. Isso parece bastante promissor; afinal, nunca vimos nada parecido antes!

— Uau! — Oggie fica maravilhado. — Vejam todos esses detalhes. Devemos estar no caminho certo.

— O que será que significa? — eu me pergunto em voz alta. Tudo é tão complexo e elaborado que mal consigo escolher para onde olhar primeiro.

Em meio a todas as imagens de seres parecidos com tritões, há diversos símbolos de peixinhos e linhas onduladas que parecem representar a água.

Mindy pega uma lupa na mochila e chega bem perto dos glifos para olhar, estreitando os olhos.

— Hum… à primeira vista, eu diria que é a escrita dos antigos níades. Demoraria bastante tempo para decifrar.

— Nós não temos tempo — Daz lamenta.

Nessa hora, o Time Vermelho vem descendo a toda velocidade pelo corredor, e passa por nós feito uma manada de vangalopes.

Eu meio que fico esperando Zeek e Axel fazerem algum comentário sarcástico, ou me agarrarem pelo pescoço, mas nenhum deles olha para onde estamos.

Daz sai correndo atrás deles.

— Rápido! Eles estão na nossa frente!

— Mas e esses hieróglifos esquisitos? Parecem importantes — eu digo para ela.

— Quem liga? — Oggie responde. — Deve ser só decoração.

— Vamos, Coop! O tesouro deve estar nesta direção! — Mindy aponta para os outros.

Oggie me puxa pelo braço enquanto resmungo sobre os glifos. Seguimos o barulho dos passos do Time Vermelho, que ecoa a nossa frente. Depois de parar em diversos corredores, finalmente vemos uma luz bem clara e ouvimos as vozes de nossos colegas discutindo.

— Não, isso nunca vai dar certo! — alguém reclama.

— Sai da frente! — outro alguém diz. — Eu consigo pular.

Quando entramos em uma sala enorme com o teto lá no alto, fica claro que somos o último time a chegar a este lugar, que parece ser a sala final do labirinto. Os times Vermelho, Azul e Amarelo estão parados diante de um penhasco que cai num corpo d'água salgada, que bate e volta nas paredes lá embaixo. E, na parede do outro lado da sala, há um precipício de uns quinze metros de altura, com uma saliência no alto. É aí que eu vejo o que acredito ser o tesouro: uma coroa dourada em cima de um pedestal iluminado.

Meu cérebro começa a calcular formas de chegar ao topo do precipício, mas não parece tão óbvio assim.

— É um pulo bem grande até chegar do outro lado — eu deduzo.

— E quem tocar na água é desqualificado imediatamente — Ingrid recorda.

— Já chega de ficar aqui parado. Eu vou! — afirma um menino cheio de marra do Time Amarelo. É Minch Harwhale, um balemorfo fortão com um maxilar largo e um rabo fininho.

Minch começa a correr e pula para atravessar o abismo. Por um instante, parece até que ele vai mesmo conseguir chegar à parede do outro lado, mas ele cai uns três metros antes. Ouvimos um **SPLAAAASH!** quando ele desaba na água lá embaixo, seguido por um resmungo de decepção.

— Pelo menos, ele nada bem — Daz tira sarro.

Outros colegas tentam saltar, mas têm o mesmo destino de Minch. Três **SPLASHS!**

— Tá, e o que a gente faz agora? — Oggie pergunta para qualquer um.

— Já sei! Eu consigo. — Melanie S., uma valquene que foi o par de Oggie no baile de boas-vindas do ano passado, dá um empurrãozinho nele, toda cheia de si, para tirá-lo do caminho. Com um sorriso malicioso, ela levanta voo e parte na direção da beira do penhasco, dizendo: — Aposto que você gostaria de ter asas agora, né?

Antes de eu dar a ideia, Mindy já largou a mochila e começou a esvoaçar, batendo as asinhas a toda velocidade. Ela e Melanie S. parecem estar apostando uma corrida! Correm feito beija-flores na direção da coroa dourada, franzindo o rosto com determinação.

— Vai, Mindy! — eu grito.

— Você consegue! — Daz grita.

— Vamos, Mindy! — Oggie torce. — E Melanie S. também! — ele acrescenta com uma voz tímida.

Elas estão empatadas ao chegar ao precipício, a poucos metros da coroa dourada. Mas, de repente, um jato de ar as manda para longe da parede, vindo de um exaustor que ninguém tinha notado. A rajada de ar faz as duas saírem voando em espiral, enquanto tentam, inutilmente, bater as asas.

SPLASH! duplo.

— Isso não é justo! — Eevie Munson, do Time Amarelo, reclama.

— Droga! — Daz bate o pé no chão. — Mindy era nossa melhor opção.

— Vocês duas estão bem aí embaixo? — Oggie grita.

Eu mal consigo enxergar o reflexo dos óculos de Mindy na escuridão lá embaixo.

— Já estive melhor! Mas, pelo menos, agora vocês já sabem o que não fazer.

Ficamos lá parados com o resto de nossos colegas, sem saber o que fazer.

— Tem que ter outro jeito — digo, teimando. — Nós vamos conseguir se trabalharmos juntos. Eu sei disso.

— Você tem um plano? — Oggie pergunta, deixando claro seu ceticismo.

Um plano? De repente, sinto o esqueleto de um plano se formando em minha cabeça.

— É arriscado, mas deve dar certo. — Estou imaginando uma sequência de acontecimentos complexos. — E o primeiro passo é você pular naquela parede e se agarrar a ela como se sua vida dependesse disso.

— Ah, que ótimo... Já me arrependi de perguntar. — Oggie respira fundo.

Depois de eu explicar brevemente o resto de meu plano para minhas outras companheiras de equipe, Oggie dá um salto na direção da parede à esquerda e escala devagar até chegar à metade. Ele quase escorrega, mas consegue se segurar com suas mãos fortes.

E correndo, salto nas costas de Oggie e o uso como um trampolim para me jogar na parede mais distante.

Eu consigo me agarrar à parede! Daz vem logo atrás, mas, infelizmente, ela cai das costas de Oggie, ele se solta e se estabaca na água. **SPLASH!** Mas ela consegue chegar onde estou e usa meus ombros como apoio, como eu tinha planejado.

Mal consigo me segurar nas fendas entre as pedras enquanto Daz sobe. Vejo minha amiga escalar o precipício como um esquilo subindo uma árvore, colocando os pés e as mãos com destreza nas fissuras entre as pedras.

— Coop! Seu plano tá funcionando! — ela grita.

Enquanto me agarro com dificuldade à parede, Daz se solta e despenca, passando por mim antes de chegar à água. Outro **SPLASH!**

Que ótimo. Se eu ouvir mais um **SPLASH**, tenho certeza de que serei eu, e isso não posso aceitar. Todo mundo diz que nunca ninguém completou este labirinto, mas e se viermos a ser os primeiros? Nós vamos entrar para a história da Escola de Aventureiros! Estamos tão perto…

Sentindo a determinação queimar em minha barriga, eu subo, movendo-me para o lado na direção da parede direita, escapando por pouco dos respingos da meleca que acabaram com Daz. Eu quase escorrego uma ou duas vezes na pedra úmida, mas consigo chegar ao canto. E, então, reunindo todas as minhas forças que já estão se acabando, consigo subir pelo canto feito uma aranha, com as mãos e as pernas tremendo de cansaço.

Como eu vou conseguir sair do canto e chegar até a metade da parede, nem imagino. Você acha mesmo que planejei até aqui? Uma coisa é certa: preciso me esquivar da rajada de ar que derrubou Mindy.

Mas então a ficha cai. Ainda bem que é a ficha, e não eu. E se eu não evitar a saída de ar? Se eu usar o ar a meu favor? Subo até perto da saída de ar, agora inativa, e respiro fundo.

— É tudo ou nada — digo em voz alta para mim mesmo.

Saltando da parede, consigo pular e ficar de frente para o exaustor, o que dispara uma rajada de ar quente que me acerta em cheio. Eu pego o jato, surfando no calor como um foguete-púlver para subir até a beirada.

Com um impacto, aterrisso em solo firme e rolo até ficar em pé bem na beirada. A luz vinda da coroa é tão forte que preciso cerrar os olhos! Ah! Eu consegui! Não acredito!

Estou prestes a pegar a coroa quando ouço um barulho baixinho debaixo de meus pés. Parece um **CLIQUE**. E em uma aventura, um **CLIQUE** é sempre um mau presságio. A gente nunca quer ouvir um **CLIQUE**.

Antes de eu conseguir reagir, o chão no qual estou pisando sacoleja para baixo, me mandando na direção do abismo. Minhas mãos começam a chacoalhar no ar, em uma reação de descrença, e a coroa dourada vai se tornando um brilho distante e longe de meu alcance.

Mas que sacanagem!

SPLASH!

CAPÍTULO

2

Depois de emergir ofegando na superfície congelante, eu começo a patinar na água, junto com meus colegas mal-humorados. Frustrado, dou um tapão na água. Poxa, que saco! Eu estava tão perto! Se não fosse por aquela armadilha da mola, eu teria conseguido chegar à coroa!

— Bom, o plano não deu certo. — Daz suspira, tirando a franja molhada dos olhos.

Oggie dá uma risada enquanto rema com seus braços enormes.

— É arriscado, mas deve dar certo, heim, Coop?

— Mas não é justo! — eu falo com a boca cheia de água.

Mindy suspira também.

— Não me diga...

— Bem, pelo menos a água está congelante — Ingrid constata, inexpressiva. — Então pelo menos ISSO tá legal pra gente.

— Mas, sério, que prova difícil! — Daz franze o rosto, batendo os dentes de frio.

Suspiro. Mesmo chateada e tremendo, ela continua sendo uma gracinha. Será que ela também acha que eu sou uma gracinha? Caramba, lembra que ela me deu um beijo no rosto no último semestre? Mas acho que foi mais um beijo de agradecimento do que um beijo de *eu gosto de você*. Vai saber... Eu devo estar pensando demais nisso.

— De qualquer jeito, tô ensopado! — Oggie balança a cabeça peluda e joga água em todo o mundo. — E zangado. Não, zangado não... eu tô bravo mesmo! Estou ensopado e bravo. E com um pouco de fome... — Ele arqueia uma sobrancelha.

— Então você está *com uma fome brava* — Ingrid comenta, com naturalidade.

Oggie pisca, sem achar graça.

— Isso existe?

— Você está bravo e está com fome. Então, você está com uma fome brava — eu digo, entrando na brincadeira de Ingrid.

Mas Oggie não entende.

— Ha ha ha — ele finge rir e enfia minha cabeça debaixo d'água.

Então, um feixe de luz branca surge acima de nós. Cerrando os olhos na direção daquele brilho luminoso, vejo o perfil de uma pessoa alta na beira do precipício. É o diretor Geddy Vel Munchowzen em pessoa.

Uma escada de corda vem desenrolando, descendo até a piscina. Nós nadamos, espirrando água para todos os lados e, um de cada vez, nos agarramos à escada e subimos pelo lado da parede escorregadia. Lá no alto, somos recebidos pelo diretor, que se apoia em sua bengala de madeira meio torta. O bigodão branco do velho goblin aventureiro faz uma curva quando ele sorri.

— O senhor viu aquilo, diretor? Eu quase consegui — digo, com os pés em uma poça d'água.

— Ah, é mesmo? — Munchowzen torce o bigode. — Acho que eu falei para vocês que conseguir pegar a Coroa de Níade é absolutamente impossível.

O quê? Impossível? Poxa, se o teste é impossível, de que adianta? Como vamos passar na disciplina de Ética da Aventura se não conseguirmos passar nos testes?

— Tipo, ninguém ganha? — Daz não consegue acreditar.

Toda a turma parece estar tão confusa quanto nós.

— Eu não disse que vocês não poderiam ganhar — Munchwozen corrige. — Eu disse que pegar o tesouro é impossível.

Hum, tá... Meu cérebro está zumbindo. Achei que já tínhamos passado na disciplina de Runas e Enigmas, mas aqui estou eu, preso em um jogo de palavras. De qualquer jeito, não gosto nada disso que estou ouvindo. Eu me dedico bastante para passar nos testes!

— Isso não é justo — Mindy reclama.

— Você acha? Um ex-aluno chamado Shane Shandar não teve dificuldades em passar nesse teste. — O nariz verde e comprido de Munchowzen se contrai, e ele parece estar se divertindo. — E quem falou que era para ser justo?

Calma aí, Zeek Ghoulihan acabou de me defender? A sala toda olha pra ele, surpresa, a ponto de o Zeek chegar a estremecer quando percebe que chamou a atenção de todos.

— E qual é a definição de "certo", Zeek? — Munchowzen pergunta.

Zeek baixa os olhos, sem resposta.

— Às vezes, as coisas certas estão bem a nossa frente e não conseguimos enxergar — Munchowzen explica. — O teste de hoje era sobre isso.

— Coisas certas, bem a nossa frente — Oggie repete devagar, em uma tentativa de processar as palavras do diretor. — Faz todo o sentido. Eu acho…

Munchowzen nos leva de volta pelo labirinto até o corredor com os hieróglifos coloridos. Ele para e, com a bengala, toca na imagem de uma níade com ares de realeza. Na pressa para tentar concluir o labirinto, eu nem percebi a imagem da níade bem ali.

— Eu nem me toquei — Mindy resmunga consigo mesma.

— Então quer dizer que o teste foi manipulado e o tesouro era uma pegadinha? — Tenho de admitir que minha frustração pode estar falando por mim.

— Não era uma pegadinha, mas sim um exercício — o diretor Munchowzen enfatiza. — Mais especificamente, um exercício para aplicar os princípios do Código do Aventureiro.

O diretor dá uma batidinha com a bengala e começa a circular pelo caminho sinuoso de obstáculos. Quando ele chega à extremidade da sala, finalmente para e olha para o abismo escuro onde todos nós caímos.

— Tesouros podem ser valiosos. Brilhantes. E talvez até mais divertidos de caçar... — Munchowzen diz. — Mas me digam: qual parte do Código do Aventureiro fala algo sobre caçar tesouros?

Eu coço a cabeça e passo por todo o Código do Aventureiro. Decorei tudo, obviamente.

O CÓDIGO DO AVENTUREIRO

1. Descobrir novas formas de vida e civilizações perdidas.
2. Explorar lugares que não estão nos mapas.
3. Desenterrar e preservar nossa história coletiva.
4. Esperar o inesperado.
5. Nunca se separar do grupo.
6. Sempre procurar armadilhas.
7. Todo problema tem uma solução.
8. Toda caverna tem uma porta secreta.
9. Cabeça fria sempre vence.
10. A sorte sorri para os fortes.
11. Sempre fazer o que é certo, mesmo que outras opções sejam mais fáceis.

— Caramba... — Mindy suspira e franze o nariz. Daquele jeito que ela sempre faz quando está pensando demais. — Não existe nenhuma referência a tesouros no Código do Aventureiro.

— Correto! — Munchowzen sorri. — Assim, podemos presumir que obter o tesouro, que nesse caso era a Coroa de Níade, não era o objetivo do teste. Na verdade, o verdadeiro objetivo era o próprio labirinto. Observar todas as histórias e aprender o máximo possível sobre a belíssima lenda da Coroa de Níade.

— Vejam bem. — Munchowzen olha para o rosto de cada um dos alunos de nossa sala. — O princípio três do Código do Aventureiro diz claramente: "Desenterrar e preservar nossa história coletiva". Mas em nenhum lugar ele afirma que nosso objetivo é acumular riquezas ou saquear tumbas.

É uma história com uma lição de vida, sobre um Níade que queria obter muito poder e, para isso, roubou a lendária coroa do destino do Deus-Molusco Bernáculo.

Mas, logo, o Níade descobriu que a ganância cobra um preço terrível. Pois, vejam só, a Coroa do Destino era protegida por um feitiço muito poderoso.

A partir de então, tudo em que o Níade tocava era desfeito... tudo que ele desejava ficava fora de seu alcance.

No final, o Níade não ficou nem com a coroa, nem com o reino. Nem mesmo jogar a coroa fora adiantou para salvá-lo.

Um murmúrio de compreensão repentina se espalha pela sala, mas Munchowzen ergue a mão para nos silenciar e poder continuar a lição:

— O teste não era uma avaliação de força, vigor ou destreza. Esse teste era uma avaliação de conhecimento, experiência e sabedoria!

Tenho que admitir, o diretor Munchowzen é muito inteligente. Tá, eu ainda estou me sentindo meio enganado. E com um pouco de fome, pensando bem. Talvez eu também esteja com uma *fome brava*.

— Senhor Cooperson! — Munchowzen me chama, fazendo um gesto. — Também preciso mencionar sua contribuição para o Código do Aventureiro. Número onze. "Fazer sempre o que é certo, mesmo quando as outras escolhas são mais fáceis" — ele recita com autoridade. — Esse princípio pode nos ajudar a tomar decisões rápidas quando nos vemos diante de desafios como o da Coroa de Níade. Afinal, vi mais de um time lutando para vencer, em vez de se proteger.

Troco um olhar de cumplicidade com o resto do Time Verde.

— Nós temos que nos perguntar: será que vale a pena arriscar nossa vida e nossa integridade física por um pouco de ouro e uma magia qualquer? É certo separar nosso time e assumir riscos pela promessa de uma recompensa maior? E é certo deixar os outros para trás, mesmo sabendo que deveríamos trabalhar em equipe?

O diretor Munchowzen se balança para a frente e para trás, bem diante de Zeek, que se encolhe a cada passo. Separar o time foi exatamente o que Zeek fez no Labirinto de Cogumelos. Pior ainda: Zeek nos traiu e se juntou aos exilados, o grupo de ex-alunos banidos que largaram a escola e assumem riscos demais, acabando por machucar as pessoas. E tudo isso porque o mestre desertor que os comanda, Lazlar Rake, prometeu que os sonhos mais impossíveis deles poderiam se tornar realidade.

E embora Zeek tenha voltado para a escola no final, vai demorar muito tempo até que alguém consiga confiar nele de novo.

Afinal de contas, é difícil ganhar a confiança das pessoas, mas é muito fácil perdê-la quando deixamos de ser honestos.

— Nunca se separar do grupo! — Oggie proclama, fazendo uma saudação.

— Muito bem, senhor Twinkelbark! — Munchowzen concorda, acenando. — Ser um Aventureiro Explorador é uma enorme responsabilidade. Quando nos deparamos com escolhas difíceis, e objetos tentadores reluzem cheios de promessas, devemos nos lembrar de que nossa verdadeira lealdade deve ser com nossos amigos.

CAPÍTULO

3

Saio da aula do diretor Munchowzen e, andando pelos corredores da escola, não consigo deixar de pensar que tudo mudou muito desde o último semestre. Pra começar, Zeek Ghoulihan está meio que legal. Ou, pelo menos, não está provocando as pessoas. Bom, acho que não...

E — como direi? — a escola ficou muito mais rígida. Ninguém mais pode correr ou ficar parado nos corredores, e precisamos de uma autorização especial para ir a quase qualquer lugar. O diretor Munchowzen declarou que a segurança na Escola de Aventureiros precisou ser reforçada depois de toda aquela história dos exilados com Kody (quer dizer, Kodar) no último semestre. Portanto, a solução que ele encontrou foi contratar um novo monitor para os corredores, o professor Bodimus Zarg. Ele é um oog. É, basicamente, um cara redondão que fica flutuando e tem um só olho enorme, uns bracinhos curtos e tentáculos longos que ficam balançando. Ele não é o professor mais legal da escola, se você quer saber.

— Ei, venham até meu armário — Oggie diz para mim, Daz, Mindy e Ingrid. Ele coloca a combinação do cadeado e a porta de metal se abre. — Quero mostrar uma coisa para vocês: a nova edição da *Revista do Aventureiro*.

— Maneiro! — digo, admirando a capa brilhante que retrata um aventureiro shourin em cima de uma criatura insectoide. De repente, me bate a preocupação e começo a olhar para os lados. — Peraí, e Zarg? Ele tá sempre patrulhando os corredores.

PROFESSOR BODIMUS ZARG

— É, nós vamos levar um demérito se não formos para a aula de Táticas e Combate — Mindy concorda.

— Falando em Zarg... — Rindo, Daz tira do armário de Oggie um pedaço de papel amassado.

— Muito parecido — Ingrid observa.

— Aposto que ele surtaria se visse isso — eu digo, dando risada.

— Tá, devolve aqui... — Oggie, dando um sorrisinho, guarda o desenho entre as páginas da revista. Então, ele começa a folhear as páginas com o polegar. — Olhem, era isto que eu queria mostrar pra vocês. A revista não fala nada sobre Shane Shandar. Nem uma tirinha! Já faz três edições que ele não aparece!

— E daí?

— Como assim "e daí", Daz? Não é estranho? — Oggie franze a testa. — Antes, a *Revista do Aventureiro* trazia pelo menos uma história ou artigo sobre Shane Shandar desde a edição 36, publicada no ano em que ele se tornou Aventureiro Explorador pleno!

— Tá, mas a explicação pra isso é simples — digo. — Ele está em uma missão para acabar com os exilados, lembra?

— Exato — Daz concorda. — Ele não tem tempo pra ficar mandando historinhas.

— Tá — Oggie cede por um momento. — Mas e se alguma coisa tiver dado errado? E se os exilados…?

— Nem pense nisso! — eu o interrompo um pouco alto demais, e minha voz ecoa pelo corredor de pedra. Então, começo a falar em um sussurro rouco: — Os exilados não têm nenhuma chance contra Shane Shandar. Ele é o maior aventureiro que já existiu. Ele é…

— ALUNOS! — grita uma voz rígida e aguda atrás de nós.

Droga! É Zarg! Sem falar nada, nós nos viramos para olhar para ele, que nos cobre com a sombra de sua capa.

— I-ilegalmente? — Ingrid gagueja.

— O que é essa revista que você está segurando, senhor Twinkelbark? — Zarg pergunta.

— Heim? — Oggie remexe na revista, tentando colocar de volta no armário, mas Zarg não se deixa enganar.

— Dê isso para mim — o oog exige com um olhar irritado, e Oggie obedece, envergonhado. Zarg desdenha ao folhear as páginas da revista: — Vocês nem deveriam estar lendo este tipo de bobagem. Não há nenhum conteúdo relevante aqui, eu diria. Quadrinhos? Ora essa... Fariam melhor se estivesse com o nariz grudado em um livro didático aprovado pela escola, sem esses devaneios mirabolantes! Alunos só precisam ter acesso a fatos, pura e simplesmente!

Nenhum conteúdo relevante da *Revista do Aventureiro*? E todos os artigos sobre descobertas científicas e relatos de expedições verdadeiras? E que tipo de monstro não gosta de quadrinhos? Meu, quem esse cara pensa que é?

E, então, o desenho de Oggie desliza e cai da revista. Oggie toma um susto, e Zarg consegue pegar o desenho antes de o papel atingir o chão.

— E o que é isto? — ele indaga, analisando com um olhar crítico.

Oggie estremece.

— É... é uma brincadeira.

— Hum... — Zarg resmunga, com a boca curvada para baixo, fazendo uma careta. — Estou vendo que é um artista, senhor Twinkelbark. — O oog cerra os olhos, e Oggie engole em seco. — Mas isto aqui não é nada realista. Minha capa é preta. E meus flagelos maiores estão excessivamente compridos nesta imagem. Como eu poderia me impulsionar com membros tão frágeis? Que absurdo!

— Heim? — Oggie solta um grito agudo.

— Sugiro que você vá à biblioteca e consulte o volume 47 da *Enciclopédia de Eem*, e verifique a seção sobre oogs. — Zarg balança a cabeça. — Um verdadeiro artista estuda os detalhes da anatomia e compõe imagens dentro de um limite aceitável de medidas e proporções para cada elemento orgânico do corpo. Do contrário, sua arte nunca passará de desenhos animados infantis.

— Ahm, tá-tá bom — Oggie responde, confuso.

— Eu não deixaria você decepcionado, não é, senhor Twinkelbark? — Zarg diz, com um brilho no olhar. E, na velocidade de um raio, ele arranca um pedaço de papel cor de rosa de um bloco e chacoalha na cara de Oggie. — DEMÉRITO! — Então, ele se vira para todos nós, mostrando seus dentes afiados. — Saiam daqui antes que eu dê um demérito para TODOS vocês! Vão! Xispa!

Antes de sairmos correndo feito ratos, Zarg se vira, já procurando sua próxima vítima.

— Outro demérito? — Oggie reclama, enquanto corremos pelos corredores. — Que ótimo... agora vou ter que ir para a Masmorra de Detenção de novo!

— Então a gente se vê lá — afirma Ingrid, com uma voz monótona. — Recebi um demérito por andar e comer ao mesmo tempo hoje de manhã.

— Poxa, as coisas ficaram BEM mais rígidas por aqui — comento.

Mindy ajeita os óculos.

— E vocês queriam o que, depois do que aconteceu no último semestre?

— O que você quer dizer? — Daz pergunta, sem acreditar no que está ouvindo.

— Vejam, não que eu goste de toda essa rigidez — Mindy explica. — Mas, sejamos sinceros, os exilados tiraram vantagem de todos nós. Eles se infiltraram na escola e quase transformaram todos em pedra para sempre! A verdade é que todos nós precisamos melhorar, inclusive a escola, para o caso de termos que enfrentá-los novamente.

— Mas nós não teremos mais que enfrentar os exilados — eu respondo. — Shane Shandar está cuidando do caso. Não precisamos nos preocupar.

— Eu não tenho tanta certeza. — Oggie balança sua edição da *Revista do Aventureiro*.

— E se Oggie tiver razão? Precisamos estar preparados para qualquer coisa. — Mindy franze as sobrancelhas por cima dos óculos enormes, e dá para perceber que o cérebro dela está sobrecarregado. — Sabe, a aula de hoje do diretor Munchowzen realmente me fez pensar. O que faz alguém abandonar completamente o Código do Aventureiro? O que leva alguém a se tornar um exilado?

Mindy se aproxima, enquanto grupos de outros alunos passam por nós.

— Para acabar com eles, nós precisamos entendê-los, mas não sabemos nada sobre esses caras, exceto por uma coisa ou outra sobre Dorian Ryder e Lazlar Rake. Mas e os outros? Quem eram eles? De onde eles vieram? Será que eram mesmo maus alunos? Não podem ter sido todos expulsos, não é?

Naquele momento, vejo Zeek descendo o corredor para ir para a aula de Táticas e Combate. Sua expressão é triste e pensativa. Pare ser sincero, ele mal parece aquele provocador insuportável que conhecíamos. Zeek faz lembrar um fantasma assombrando os corredores, andando sozinho. Ele e Axel. Bom, na verdade, parece até que eles não andam mais juntos.

De repente, meu olhar cruza com o de Zeek por um segundo. Meu primeiro reflexo é acenar para ele. E, para minha absoluta surpresa, ele acena de volta.

Sim, as coisas agora estão bem diferentes na Escola de Aventureiros.

FI-FUF

CAPÍTULO

4

Bem-vindos à aula de Táticas e Combate, uma das disciplinas essenciais que cursamos como Aventureiros Mirins na escola! Meio educação física, meio defesa pessoal — e também um jeito bem divertido de passar as tardes e nos prepararmos para os inúmeros perigos que nos esperam como exploradores da Terra de Eem. Além disso, é sempre, digamos, *interessante* quando o treinador Quag e o professor Victor Sete dão aula juntos.

— Certo, Aventureiros Mirins! Hora de se mexer — grita o treinador Quag, batendo as mãozonas.

— Hoje v-v-vamos aprender um pouco sobre como usar o peso e a f-f-força de seus oponentes contra eles! — explica o professor Victor Sete, com sua voz baixinha.

— Isso mesmo! — o treinador Quag continua. — Às vezes, a melhor defesa é um bom ataque! — Ele se move como se estivesse desviando de uns socos no ar e dá um chute com uma de suas pernas compridas.

— Acho q-q-que você quis dizer que, às vezes, o melhor ataque é uma b-b-boa defesa, treinador Quag — Victor Sete o corrige com um tom amigável.

O treinador Quag coça a cabeça e vejo a Moe, a veia na testa dele, fervilhando em confusão.

— Hum, é! Exato. Foi o que eu disse.

— Claro — Victor Sete diz, encerrando o assunto. — Continuando! — Ele anda para lá e para cá na sala de ginástica, com seus braços mecânicos dobrados para trás. — Há muitas tradições famosas que exemplificam o combate defensivo. Mas poucas tradições são tão eficazes em aproveitar a força do adversário quanto a Mão de Pedra, uma antiga arte marcial dos povos anões

— Sim, eu sou um especialista certificado em Mão de Pedra — o treinador Quag se gaba, puxando a bermuda para cima. — Estudei com os mestres anões por uma semana inteirinha, há uns quinze anos, em uma expedição ao Monte Hetch.

— Hum — Victor Sete murmura, com um tom cético. — Certamente, há pessoas que aprendem muito rápido. Mas dominar *de verdade* a arte da Mão de Pedra leva cerca de cento e vinte anos.

A turma toma um susto ao ouvir isso, e o treinador Quag franze as sobrancelhas.

— É claro que não temos esse tempo para aprender — comenta Victor Sete. — Mas podemos nos concentrar nos princípios básicos da Mão de Pedra.

— Isso aí. O negócio é dominar o básico, pessoal — o treinador Quag diz, cheio de autoconfiança.

— O primeiro princípio básico em que vamos nos concentrar hoje é o equilíbrio — continua Victor Sete. — Tanto físico quanto mental. Quando um adversário é excessivamente agressivo, o segredo é fazê-lo perder o equilíbrio. Leve-o para posições frágeis, onde ele pode tropeçar, errar ou ficar sem reação.

— Aham — o treinador Quag se intromete, sem nem prestar muita atenção. — Vocês também precisam de uma alimentação saudável. Folhas verdes, proteínas, legumes... todas as coisas boas.

As engrenagens de Victor Sete soltam um zumbido de confusão, antes de ele mudar de assunto:

— T-t-treinador Quag, o senhor faria a gentileza de atuar como minha dupla em um duelo para demonstrar? — Victor Sete pede, educadamente.

— Mas é claro, Vic! — O treinador Quag estala as juntas.

O treinador Quag e o professor Victor Sete ficam frente a frente se encarando, prontos para um duelo.

— Agora, por favor, acerte-me — Victor Sete pede.

O treinador Quag sorri para si mesmo.

— Tem certeza? Não quero te machucar, cara. Sei que você acabou de passar por um conserto. Seria uma pena se ganhasse um novo amassado.

— P-p-por favor. Pode ficar tranquilo que você não vai me machucar — Victor Sete responde, sério.

— Então tá, Vic! — O treinador Quag dá de ombros e, então, se abaixa até chegar quase ao chão e prepara um soco. — Não diga que não avisei.

O treinador Quag se levanta e se sacode. Ele se vira para falar com a turma, ajeitando a gola da blusa, e vemos seu rosto vermelho.

— Eita! Aí sim! Belo trabalho, professor Victor Sete! Mas quero deixar claro que esses tapetes são muito escorregadios e, é claro, em uma luta de verdade, eu teria…

Victor Sete corta o treinador Quag, que parece estar suando um pouco além da conta nesse momento.

— Obrigado, t-t-treinador! — O grande cavaleiro-púlver junta as mãos, produzindo um som metálico. — Uma excelente demonstração de uso excessivo de peso e energia em um ataque.

Às vezes, as coisas ficam meio esquisitas entre o treinador Quag e Victor Sete. Dizem que o treinador ficou um pouco ofendido porque Victor Sete mudou o antigo currículo da disciplina, que era muito focado em combate físico e calistenia, e trocou por uma base de dados repleta de manuais sobre lutas marciais antigas. Aparentemente, Victor Sete domina noventa e sete formas de combate armado e não armado!

— Certo, turma! Agora, vamos formar duplas de combate! — Victor Sete proclama. — Para deixar o exercício mais interessante, o vencedor de cada batalha irá ganhar um ponto para o time. E, ao final da aula, o time com mais pontos ganhará a nota mais alta!

Uma onda de burburinhos se espalha pela sala. Mindy se vira para nós e diz:

— Vocês ouviram isso? Não podemos perder essa luta, pessoal!

Victor Sete pega a lista de chamada e se põe a ler.

— Para começar, Mindy Darkenheimer do Time Verde contra Eevie Munson do Time Amarelo!

Mindy arregala os olhos.

— Eu vou ser a primeira?

Oggie dá um tapinha nas costas de Mindy, enquanto a besta-fera Eevie se dirige ao meio do tatame.

— Acaba com ela, Mindy.

Eevie desfere uns socos no ar e dá uns pulinhos, preparando-se psicologicamente para a luta. Mindy olha para nós e engole em seco. Ela ergue os óculos e estrala as juntas dos dedos.

— Vamos com tudo.

Em uma batalha tensa, Mindy consegue usar a velocidade para desviar os golpes de Eevie e fazê-la girar no lugar, até que Eevie tropeça e cai de cara no chão.

— P-p-ponto para o Time Verde! — Victor Sete anuncia, triunfante, enquanto Mindy volta esvoaçando para o meio do grupo dos alunos animados.

Eu assisto e espero pacientemente todos os alunos serem chamados e as duplas serem formadas para se enfrentarem diante de toda a turma. Oggie ganha de Bernie Bevelokwa do Time Roxo com a facilidade de um lutador profissional, e Daz derrota Arnie Popplemoose do Time Azul em apenas três segundos. Por fim, depois de todos além de mim já terem lutado, há duas equipes empatadas. O Time Vermelho e o Time Verde. E, para minha tristeza, estou prestes a fazer uma dupla com ninguém menos que...

— Zeek Ghoulihan! — o professor Victor Sete grita. — Você enfrentará C-C-Coop Cooperson. E quem vencer essa batalha levará a v-v-vitória para casa!

Nós dois nos apressamos para chegar ao meio do tatame, com nossos times torcendo por nós.

Bom, menos Axel. Ele só fica lá parado, de braços cruzados e olhando para o chão.

— Você consegue, Coop! — Oggie grita.

— Vai lá, Coop! — Daz me incentiva.

GLUP. É bem diferente quando você está aqui parado com todo o mundo olhando para você.

Eu e Zeek nos posicionamos para lutar e nos encaramos. Ele está com uma expressão impassível.

— Preparar! — Victor Sete vocifera.

Por uns bons segundos, ficamos rodando em círculos, um de frente para o outro. Eu finjo que vou avançar na direção de Zeek, e ele recua. Então, ele se joga para a frente e dá um soco.

Rolando no chão, eu consigo desviar por pouco de outro golpe. Zeek se movimenta para os lados, com suor escorrendo pela sobrancelha. Nossos olhares se encontram, e Zeek congela, hesitando, enquanto eu me levanto e volto para minha posição defensiva. Quando ele decide tentar me atingir de novo, vejo o golpe vindo de longe e desvio dando um passo para o lado.

Zeek resmunga, frustrado. Talvez seja disso que Victor Sete estivesse falando ao comentar sobre equilíbrio mental. Eu decido que é hora de agir, e provoco Zeek para ele partir para um ataque impulsivo, enquanto finjo dar um soco com a esquerda.

Por fim, Zeek resmunga, frustrado, e se ajeita para desferir um golpe ainda mais forte. Em um disparo furioso, ele vem correndo em minha direção. Mas minha abertura está livre! Zeek exagerou, o que o fez se desequilibrar. Eu saio para um lado, evitando o soco. Então, seguro o braço que ele usou para me golpear, pegando o impulso dele para mandá-lo para longe. Zeek voa por cima de meu ombro e cai de cara no tatame, produzindo um barulhão.

— Você se rende? — eu pergunto, ofegando em cima dele, que tá ali, estatelado.

— Sim, você venceu — Zeek responde, envergonhado, olhando para o círculo de espectadores que nos assistem em volta do tatame.

— Vitória para o Time Verde! — Victor Sete assovia, cantando vitória, enquanto o resto da turma comemora. — Muito bom! Muito b-b-bom!

— Mandou bem, Coop! — Oggie diz, me parabenizando.

— Arrasou com os pés! — Arnie Popplemoose elogia.

— Tá em forma, heim?! — Melanie D. entra na conversa.

O treinador Quag e o professor Victor Sete aparecem atrás dos alunos. Quag aplaude vigorosamente, e Victor Sete ordena:

— A-a-acalmem-se, garotos! — Ele, então, olha pra mim. — Uma demonstração estupenda de postura defensiva, senhor Cooperson. Sua simulação e seu recuo foram excepcionais! E a forma como você executou o princípio fundamental que aprendemos hoje, de fazer o oponente perder o equilíbrio usando a própria força, foi impecável! Até os maiores mestres da Mão de Pedra não poderiam discordar. Muito bom!

— Isso mesmo. — O treinador Quag sorri, aplaudindo com entusiasmo. — Boa. Gostei do negócio da isca, da troca que você fez ali, sei lá. Quando você fez aquilo... sabe, né? Foi bacana!

Poxa, que tremendo elogio vindo do treinador Quag. Ou ele está me sacaneando, ou não tem ideia do que tá falando.

Aí, vejo Zeek parado lá com os ombros caídos para a frente, olhando para os próprios sapatos como se fossem a coisa mais importante da sala. Bom... é uma cena estranha. Um ano atrás, Zeek não parava de me provocar, me empurrar contra os armários e infernizar minha vida. Ele não ajudou em nada no Labirinto de Cogumelos e se virou contra nós no Castelo dos Exilados. Dava pra dizer que, para todos os efeitos, Zeek era um tremendo babaca.

Mas ele mudou, e eu não consigo deixar de sentir pena do cara. Olha, não me entenda mal. Não é que eu sinta falta do antigo Zeek Barfolamule Ghoulihan. Mas, sei lá, acho que ele merece uma chance de virar a página, e quem sabe até de fazer alguns novos amigos. Afinal, minha mãe sempre diz que um pouco de gentileza não faz mal a ninguém, então vou continuar sendo legal com ele.

Voltamos para nossos lugares junto com o resto da turma. Todos ainda estão agitados, e meus colegas ficam me dando tapinhas nas costas.

— Preciso admitir, você é talentoso, Coop. — Daz esboça um sorriso largo.

— O Esplendor de Cristal definitivamente está em boas mãos! — Mindy afirma.

— Ah, para, gente... Foi apenas sorte — digo, com uma risadinha forçada e constrangida. Eu quero abafar um pouco todos esses elogios na frente de Zeek, que enfia as mãos nos bolsos e suspira.

Para meu alívio, o sino toca, e a turma começa a se ajeitar pra sair. Zeek coloca a mochila nas costas devagar, enquanto os outros saem correndo.

— Ei, Zeek. — Tento animá-lo quando ele me olha: — Não liga pra isso. Tenho certeza de que você vai me derrotar na próxima.

É isso que a gente ganha tentando ser gentil, né?

Victor Sete berra antes de sairmos da sala:

— Amanhã, vamos praticar o próximo princípio básico da Mão de Pedra, a arte do desvio...

Antes de Victor conseguir completar o raciocínio, o treinador Quag se intromete:

— Ou, em termos mais leigos, eu vou ensinar para vocês o Ataque Giratório Triplo do treinador Quag! Preparem-se para se surpreender! — O treinador, todo orgulhoso, faz um movimento esquisito com as mãos e os pés. Ele dá socos e chutes no ar e para de repente, resmungando.

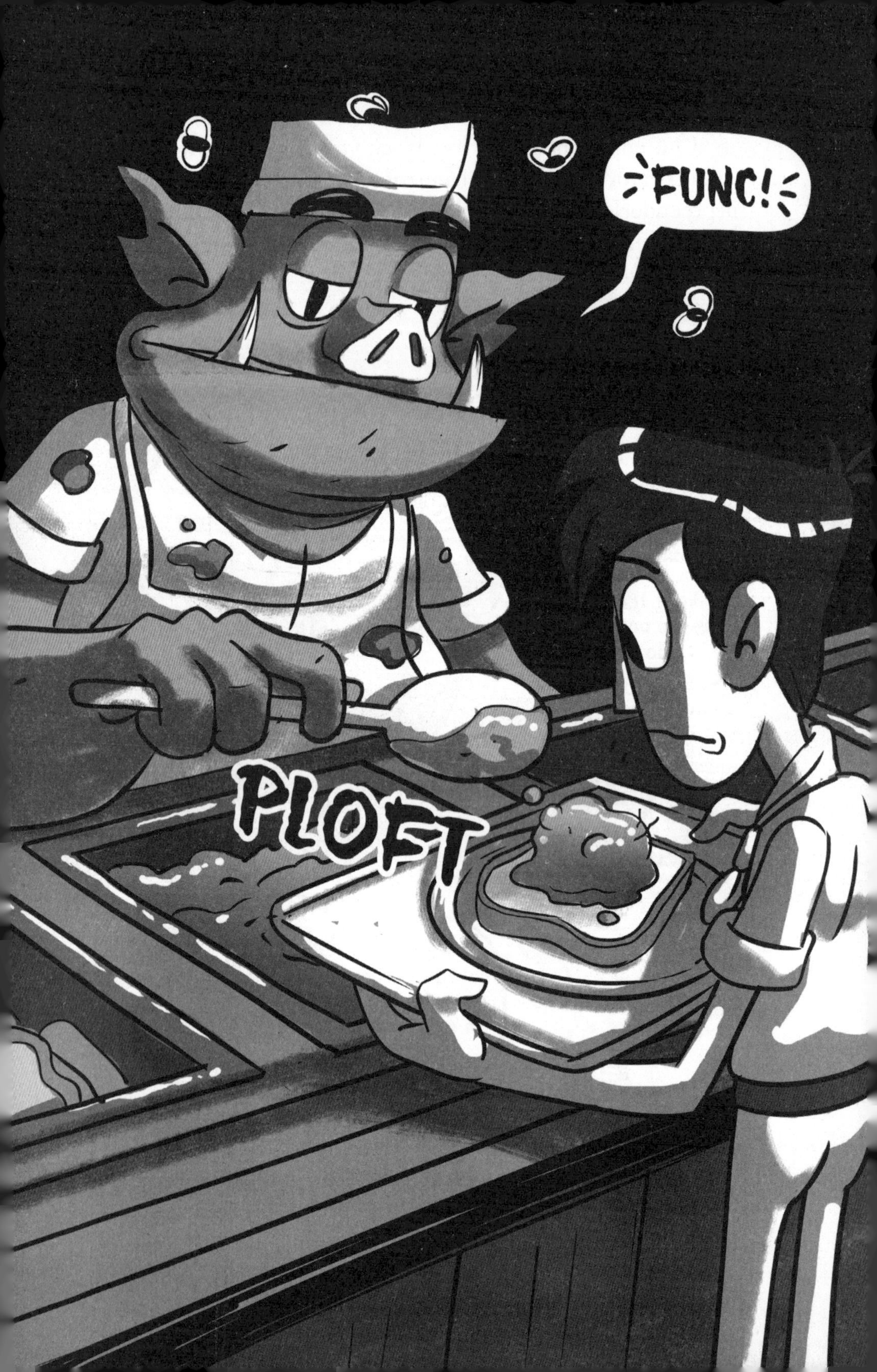
FUNC!
PLOFT

CAPÍTULO 5

Olho para a comida em meu prato (se é que dá pra chamar aquilo de comida) e, sem disfarçar, tiro um fio de cabelo roxo e comprido que está saindo daquela meleca cinza não identificável. Blorf ronca e solta um grunhido feliz.

Eu sorrio, aceno com a cabeça e pergunto de canto de boca para Oggie o que ele falou. Eu ainda não entendo nada da língua orc.

— Que sortudo! Blorf disse que achar cabelo de quilorrato na comida dá sorte! — Oggie diz animado.

— Acho que hoje é meu dia de sorte, porque acabei de encontrar outros. — E tiro os fios de cabelo da comida.

Normalmente, isso me deixaria enojado. Mas, pra ser sincero, costumo sair com tanta fome da aula de Táticas e Combate que eu poderia, literalmente, comer um quilorrato vivo, seja lá o que isso for! E pelo menos tem refrigolante de limão hoje, então já tá valendo a pena.

Eu esmago outro pedaço de pão em cima da meleca para formar um sanduíche precário e vou atrás de Oggie até a mesa da cantina, onde Daz, Mindy e Ingrid já estão sentadas, comendo.

— E... isso significa que tudo o que queremos saber sobre os exilados está lá, esperando para ser descoberto! — Mindy anuncia. — Tudo o que precisamos é ir dar uma olhada!

— Sei lá, Mindy... — Chacoalho a cabeça, desconfiado. — Teríamos que entrar escondidos no escritório dele. Como Munchowzen, que, se você não lembra, também é professor de Ética da Aventura, vai reagir se descobrir que nós bisbilhotamos nos arquivos do escritório dele?

Ingrid dá uma mordida no sanduíche.

— Acho que ele não reagiria muito bem.

— Isso se nós formos pegos. — Daz esboça um sorrisinho maroto.

— Sem chance. — Eu olho para Oggie pra pedir apoio, mas ele dá de ombros. — Sem chance!

— Coop — Mindy implora —, isso pode vir a ser uma vantagem para nós se tivermos que lutar contra o maior inimigo da escola. Você não se importa?

— Quantas vezes vou ter que repetir pra vocês? — Engulo um pedaço de meu sanduíche como se fosse um remédio amargo. — Shane Shandar está por aí tentando acabar com Rake e os exilados neste exato momento! Nós fizemos nossa parte, e agora passamos o bastão para o maior aventureiro da Terra de Eem. O que mais podemos fazer? Além disso, eu já aprendi uma lição depois de fuçar no quarto de Kody, no semestre passado. Existem maneiras melhores de resolver os problemas que não envolvem espiar coisas por aí.

Oggie me cutuca com seu cotovelo peludo.

— É. Mas, Coop, você estava certo sobre Kody. Ou deveríamos dizer... Kodar.

Abro a boca para responder, mas Oggie me interrompe:

— Você vai terminar seu refrigolante ou não?

— Heim? Não, pode pegar. — Eu suspiro.
— Valeu! — Oggie comemora.

> Ora, ora, se não é o inigualável Time Verde e sua seguidora, senhora Inkheart.

> Não pude deixar de notar o comportamento estranhamente furtivo de vocês lá do outro lado da cantina.

Nesse momento, sinto atrás de mim uma corrente de ar frio e vejo de canto de olho o manto escuro do professor Bodimus Zarg esvoaçando.

— O mesmo comportamento que vocês tiveram hoje de manhã perto dos armários — Zarg diz, com a voz cortando como uma espada. — O que vocês cinco estão aprontando?

Oggie arrota depois de dar um golão em meu refrigolante, e todos os olhos de voltam para ele.

— Nada, ué...

Zarg de repente muda de assunto:

— Senhor Twinkelbark, quantas bebidas açucaradas o senhor já consumiu hoje?

— Vejamos... Uma no café da manhã... — Oggie responde, pensando, enquanto chacoalha o resto da bebida na latinha. — E mais uma e meia no almoço. Até agora, senhor.

Zarg o encara com um olhar ameaçador e tira a latinha de Oggie na hora em que ele se prepara para dar outro gole.

— Isso não vai se repetir enquanto eu for responsável, senhor Twinkelbark! Você não sabe que açúcar é prejudicial para seu metabolismo e acarreta danos a seu cérebro? Que hiperestimula o sistema mesocorticolímbico, que, por sua vez, leva a ataques de tolice, patetice e babaquice?

Pelo jeito, Zarg acabou de engolir um dicionário, porque até Mindy parece não entender nada do que ele diz. Ele vai até a lixeira, derrama o refrigolante e depois joga a lata fora com imensa satisfação. Oggie choraminga.

— Como eu disse antes, estou de olho em vocês cinco! Estão me entendendo? — Mas antes de terminar o raciocínio, ele já se vira e percebe outra infração sendo cometida por um grupo de alunos. — Ei, vocês aí! Parem de brincar com a comida! Seus pais não lhes ensinaram bons modos?

Coço a cabeça, perplexo. Então, percebo que Zeek está sentado sozinho em uma mesa, comendo bem devagar. Só consigo sentir pena dele. Quando eu cheguei à Escola de Aventureiros, e antes de fazer amizade com Oggie e com o Time Verde, era assim que eu ficava. Sempre sozinho e perdido. Eu sei como é difícil não ter nenhum amigo.

E aí minha visão de Zeek fica bloqueada por um grupo de alunos mais velhos que se reúnem em volta da mesa dele. Noto que um deles é Chazz Guzzedda, um dos caras mais fortões da escola. E um craque no barrobol. Também já ouvi falar que é melhor não arranjar encrenca com ele.

— O que será que está acontecendo ali? — eu pergunto para os outros, mas ninguém presta atenção, pois estão animados conversando sobre os exilados.

— Não — Chazz insiste. — Todas as outras mesas estão cheias. Nós vamos nos sentar aqui. — Ele se joga no banco e empurra Zeek para fora. — Pronto! O bebezinho pode comer no chão.

— Ei, Zeek — eu grito, cruzando a cantina para chegar até lá e começo a tentar ajudá-lo. — Vem, você pode sentar com a gente.

Mas Zeek, nitidamente constrangido, se afasta.

— Não preciso de sua caridade, Coop.

— Vai lá sentar com as crianças! — Chazz zomba e joga o sanduíche em nossa direção, acertando no peito de Zeek. — Ah, esqueceu a mamadeira?

Os amigos do Chazz racham de rir.

— Chazz, seu sacana! — um deles diz, fingindo se importar.

Eu olho em volta da cantina para procurar Zarg, mas não o encontro. Como sempre. Na única vez em que acontece um problema de verdade, ele desaparece.

— Por que você fez isso? — reclamo, ficando bravo, e dou um passo na direção de Chazz.

Essa situação de defender meu antigo inimigo é meio esquisita. Mas aqui estou eu. Num instante, me vejo cercado por Chazz e seus amigos, todos olhando para mim sem acreditar. E, vou te contar, uns dois anos de diferença mudam *muita coisa* na adolescência. Eles parecem gigantes.

> Eu sei quem é você. Todos dizem que você é um "herói", como se você fosse Shane Shandar ou sei lá quem.

> O que é engraçado, porque sei que eu e meus amigos poderíamos dar uma surra em você agora mesmo se quiséssemos.

PUC PUC

Ele empurra meu peito com um dedo, e eu sei que não deveria revidar. Sei que deveria deixar pra lá e ir embora. Mas não gosto desses caras metidos a fortões e fico possesso. Em reflexo, tiro o braço dele de mim, e é aí que as coisas saem do controle. O grandão atrás de mim me segura, e o Chazz prepara um soco para me acertar. Droga. Isso vai doer.

VAAP

Eu não faria isso se fosse você.

Porém, antes de conseguir fechar os olhos e me preparar para a pancada, a pata enorme e peluda de Oggie segura a mão de Chazz em pleno ar.

Caraca!

Lembra quando eu disse que Chazz e os amigos dele eram grandes? Bom, Oggie é um bicho-papão, então ele é maior.

Soltem o Coop, seus manés!

Heim?

Muito maior. Além disso, tenho percebido que ele anda mais confiante, principalmente agora que Zeek e Axel não ficam mais nos perturbando.

— Me solta — Chazz resmunga.

Ufa! Time Verde ao resgate. Oggie solta Chazz, e o amigo dele, sem querer, tropeça para trás, caindo no banco. E então eu percebo que há um pequeno grupo de alunos a nosso redor, e eles caem na gargalhada.

Mas não dura muito.

Porque, adivinha só, o professor Bodimus Zarg finalmente decide aparecer.

— Time Verde! — o grito dele atravessa o ar como uma lâmina de aço, e toda a cantina fica em silêncio. — Eu não vou tolerar essa desordem e provocação!

— Cúmplices de briga! — Zarg responde, tirando o bloquinho de deméritos e entregando a todos nós os papeizinhos cor-de-rosa.

Chazz Guzzedda disfarça um sorriso, e eu tento protestar, mas Zarg me interrompe:

— Eu já li sua ficha, senhor Cooperson. E você tem uma bela fama de rebelde. Você e seus companheiros de time. Bom, isso pode ter dado certo no passado, mas as coisas mudaram por aqui.

— Mas, professor Zarg, Coop só estava... — Zeek entra na conversa.

Zarg arregala os olhos, mostrando um enorme fluxo de veias vermelhas.

— Eu disse silêncio! Não quero ouvir mais nada. Além disso, todos sabem que suas amizades são bastante duvidosas, senhor Ghouligan. Não queira me testar, garoto! Do contrário, já dou um demérito para você também!

Zeek se encolhe e enfia as mãos no bolso.

— Agora, dirija-se ao escritório do diretor Munchowzen, Time Verde! — Zarg vocifera. — Você também, senhorita Inkheart! Ou quer levar DOIS DEMÉRITOS?

Sem dizer mais nada, baixamos a cabeça e saímos da cantina com a escola inteira olhando para nós.

CAPÍTULO 6

Seguimos até a sala do diretor Munchowzen, arrastando os pés pelos pisos de pedra, já esperando a punição que vamos levar. Aposto que seremos enviados para a Masmorra de Detenção por uma semana. Ou pior ainda: o diretor Munchowzen nos deixará aos cuidados do treinador Quag, que nos fará correr por uma hora depois de todas as aulas de Táticas e Combate. Consigo até ouvir o apito dele, o tom debochado na voz. "Acelera o passo, Cooperson!", ele dirá. "Você está correndo como se tivesse pedra nos sapatos! Vamos logo!" Que seja. Agora só nos resta encarar.

— Esse sujeito tá de sacanagem? Não sei o que vocês acham, mas alguém tem que parar esse Zarg! — Oggie esbraveja, batendo os pés pelo corredor.

Mindy rodopia e me cutuca com um dedo acusatório.

— Escute meu conselho, Coop. Fique longe de Zeek Ghoulihan. Ele é encrenca!

— Pode crer — Oggie responde, rindo.

— Aham — Daz concorda.

— Poxa, gente. Eu só estava tentando ajudar um colega — digo. — Zeek não fez nada de errado.

— Tá, mas... — Oggie começa a falar, mas fica mudo.

— Mas o quê? — eu pergunto.

Oggie para por um instante para organizar os pensamentos, e fica batendo os pezões peludos no chão de pedra.

— É que tipo assim... eu sei que Zeek parece ter virado "bonzinho" agora — ele diz, fazendo as aspas com os dedos. — Mas eu não lembro de ele ter *nos* ajudado quando precisamos. Você se lembra do que aconteceu no Labirinto de Cogumelos?

— Ou no Castelo X? — Daz continua, erguendo os ombros.

— Tá, eu sei. — Eu ia começar a defender o Zeek, mas as palavras não saem. Sob o julgamento de Oggie, Daz e Mindy, não consigo pensar em um bom argumento para explicar por que devemos ser amigos de Zeek.

— Você fez a coisa certa, Coop. — Ingrid entra na nossa frente e nos obriga a parar de caminhar. — Olha, eu sei que Zeek era um babaca e fez péssimas escolhas. Mas isso não significa que não podemos dar outra chance pra ele. Eu lembro quando algumas pessoas achavam que eu era uma bruxa malvada que transformaria todos em sapos.

— Mas Zeek provocava todo o mundo — Mindy responde, confusa. — Você nunca provocou ninguém, Ingrid.

É verdade, nunca provoquei. Mas eu estou no Time Vermelho. Eu estudo com Zeek todos os dias, e posso garantir para vocês que ele mudou.

E se Coop está se esforçando para ajudar Zeek a ganhar nossa confiança e amizade... bom, eu acho que deveríamos apoiar. Todos merecem uma segunda chance, não é?

— Acho que você tem razão. — Mindy coça a cabeça, pensando.

— É. Faz sentido — Daz concorda.

— Acho que sim — Oggie responde, não muito convencido. — Mas agora acho que deveríamos nos concentrar em chegar à sala de Munchowzen sem levar outro demérito.

Oggie começa a descer o corredor sem nos esperar, e percebo que ele está tenso. Eu entendo, Zeek foi tão cruel com Oggie quanto foi comigo. Sempre tirava sarro dos desenhos dele e fazia uma algazarra toda vez que Oggie se dava mal em alguma aula. Uma das coisas que me aproximaram de Oggie foi o fato de Zeek ser um sacana com nós dois.

Em minutos, chegamos à sala do diretor Munchowzen. Eu bato na porta duas vezes, mas ninguém responde.

— Diretor, o senhor está aí? — pergunto, girando devagar a maçaneta barulhenta. Mas, ao abrir a porta, vejo a sala vazia.

— Peraí! Esta é a oportunidade perfeita para vasculhar os arquivos dos exilados.

— Vasculhar? Nós não podemos ficar fuçando na sala do diretor!

— Acho que deveríamos esperar o diretor voltar. — Oggie se joga para trás na cadeira de couro pesada do diretor.

Ignorando-me completamente, Mindy flutua até um armário alto. Em poucos segundos, ela já está correndo os dedos pelas pastas e arremessando arquivos para o lado.

— Não sei se isso é uma boa ideia — digo, olhando para todos os cantos da sala para ver se estamos sendo monitorados. — O diretor Munchowzen pode entrar a qualquer momento!

— A, B, C, D... Exilados! — Mindy exclama, e vai até a mesa de Munchowzen. — Olhe isto, gente!

— O que diz aí? — Daz pergunta.

Mindy percorre todas as páginas e, por fim, vai parar nas fichas de todos os alunos que abandonaram a Escola de Aventureiros e entraram para o grupo dos exilados.

— Parece que o diretor tem vigiado os alunos que acabaram se juntando a Rake. Vejam só! A maioria dos exilados nem foi expulsa — Mindy observa. — Eles abandonaram a escola ou foram reprovados. Apenas Dorian e Kodar foram oficialmente expulsos por serem as maçãs podres da instituição.

Ingrid pega o arquivo de Tyce.

— Interessante. A única coisa que consta na ficha de Tyce é que ele ia mal na disciplina de Ética da Aventura — ela nota.

— Não me surpreende. — Daz dá de ombros. — Mesmo assim, isso não parece coisa de vilão malvado.

— É culpa de Rake — eu afirmo. — A maioria dos exilados não é do mal. Só que eles foram para o mau caminho por causa de um cara que lhes prometeu o mundo. Vocês se lembram do Castelo X? É assim que Rake os convence. Aquele lugar parece um parque de diversões.

— É verdade — Oggie concorda. — Tinha umas paradas bem maneiras lá. Jogos, comida, equipamentos incríveis... Em minha opinião, faz a Kroglândia parecer um circo de pulgas.

Naquele momento, com todos nós em volta da mesa de Munchowzen, ouvimos vozes.

— Rápido, escondam tudo! — Daz sussurra, correndo para colocar os arquivos de volta no armário.

— Escondam-se! — Oggie fala baixinho.

Instintivamente, nós nos espalhamos e nos escondemos nos cantos da sala. Oggie e eu nos enfiamos atrás de uma cortina. Mindy e Ingrid vão para baixo da mesa de Munchowzen, e Daz se encolhe em um cantinho entre a parede e uma estante de livros. Espremidos como latas de sardinha-catinguenta, ficamos em silêncio observando.

— Do que será que eles estão falando? — Oggie sussurra.

— Quieto — respondo. — Fique ouvindo.

Munchowzen suspira e se joga em sua cadeira almofadada de couro.

— É triste dar essa notícia, mas, ao que parece, Shane Shandar desapareceu!

Peraí, será que eu ouvi bem? O aventureiro mais premiado e famoso da história sumiu? Não pode ser! Ele deveria nos salvar. Não é possível que Rake e os exilados tenham derrotado Shane Shandar! Ou será que sim?

— Eu sabia! — Oggie torna a sussurrar, boquiaberto.

— Shhh! — Estremeço só de pensar em Lazlar Rake colocando as mãos no último fragmento da Pedra dos Desejos. E imaginar Dorian e Kodar rindo e cantando vitória faz meu estômago revirar com o sanduíche de meleca cinza e gosmenta de Blorf.

Os professores ficam em silêncio por um momento, e Munchowzen se recosta na cadeira.

— Conseguimos confirmar que Shandar foi visto pela última vez na fronteira não mapeada entre a Subterra e o Abismo. E há meses não recebemos nenhuma notícia.

Essa não. O Abismo? Eu estremeço. Aquele lugar não é brincadeira. As histórias que chegam de lá são suficientes para causar pesadelos. Dizem que o Abismo é a parte mais profunda da Subterra. E ir lá é como viajar para um mundo perdido. Escuridão, despenhadeiros sem fundo... e isso sem falar nas criaturas gigantes de outro mundo. Eu li na *Revista do Aventureiro* que algumas cavernas são tão profundas que chegam até o núcleo derretido da Terra de Eem.

— Todos sabem que o Abismo é uma região inexplorada — afirma a professora Clementine. — Talvez Shandar tenha entrado em locais tão profundos que não consegue mandar mensagem.

— É possível, mas será que devemos arriscar e simplesmente torcer para que ele esteja bem? — O treinador Quag cruza seus braços musculosos.

— Não, acho que não podemos ficar apenas torcendo, Cornélio. — Munchowzen se levanta de novo com um gemido.

Eu praticamente consigo ouvir seus ossos estralarem.

— Vocês ouviram alguma coisa? — A professora Clementine olha em volta.

Oggie e eu congelamos.

— Juro que foi só minha cadeira que guinchou — o treinador Quag responde, bravo, já se defendendo.

> **Inacreditável!**
>
> **Caramba, né? O nome do treinador Quag é Cornélio!**
>
> **Não estou falando disso!**
>
> **Ah, tá.**

— Podemos voltar ao assunto? Quais são nossas opções? — Scrumpledink pergunta ao grupo.

Munchowzen para por alguns momentos e mexe no bigode branco com os dedos. Por fim, ele diz:

— Precisamos formar uma expedição e sair em busca de Shandar. Nós devemos isso a ele.

— O que não será nada fácil — o treinador Quag responde. — Estamos velhos pra isso.

— E já faz muitos anos que não participamos de uma expedição dessa magnitude.

— É verdade, Scrumpledink. Mas é nosso dever seguir na missão de deter Lazlar Rake e seus exilados antes de eles conseguirem encontrar a última lasca da Pedra dos Desejos. Aquele poder é perigoso demais nas mãos erradas.

— Nós teremos que fechar a escola — responde a professora Clementine, pensando com um dedo no queixo. — Caso contrário, os alunos estarão em risco.

— Sim, acredito que é a única saída que nos resta — afirma Munchowzen, muito sério.

É tanta informação! Primeiro, Shane Shandar desaparece, e agora a Escola de Aventureiros será fechada? Meu Time fica tão chocado quanto eu, e vejo todos os meus amigos de olhos arregalados, escondidos nas sombras. Será que esse é o fim da Escola de Aventureiros?

— Então está decidido. — Munchowzen respira fundo. — A Escola de Aventureiros será fechada até novas ordens. Faremos o anúncio hoje.

CAPÍTULO

7

Não acredito. Está tudo acontecendo tão rápido. Todos os alunos estão fazendo as malas e indo para casa! Dizem que o diretor Munchowzen e seu grupo de expedição composto de professores saiu bem cedinho, deixando o senhor Quelíceras e o professor Zarg para comandar a saída. Amanhã, todos os alunos da escola serão levados a suas casas, espalhadas pela Subterra e pela Lamalândia.

Grupos de alunos com suas bagagens e mochilas a tiracolo se dirigem para a estação de trem, enquanto Zarg os chama para conferir as passagens e formar uma fila organizada. Os trens-púlver vão e vêm de hora em hora, e meu trem está programado para sair em breve. Mas tem uma coisa que preciso fazer antes de ir embora.

Passando pelo fluxo de alunos e pelo olhar atento de Zarg, vou para a sala de correspondência. Não é dia de correspondência, mas tenho que escrever uma carta. Pego o último envelope que minha família me enviou e desdobro o papel dentro dele.

Querido Coop,

Ficamos muito felizes em saber que você está indo bem neste semestre! O diretor parece ser um ótimo professor, não é? E que alegria saber que o professor Sete está te apoiando.

Aqui na casa Cooperson, todas as crianças vêm crescendo tão rápido que mal consigo acompanhar! Kip, Chip e Flip ajudaram a levar o time do Bode Atlético para as semifinais regionais de flumebol, então o papai vai levá-los para a cidade Lixão se eles chegarem à final. Candy, Tandy e Randy vão participar na peça da escola, uma encenação do Castelo de Valérbia. Candy ficou com o papel principal e será a senhora Valérbia! Kate ganhou o campeonato de pipa da divisão intermediária. Acredita nisso? Ah, e Kit e Kat estão se mostrando excelentes pescadores! Eles fisgaram o primeiro mosco andarilho, um dos grandes! Você também irá adorar saber que Hoop e Hilda não param de falar que querem ir para a Escola de Aventureiros, como o irmão mais velho. E Mike, Mick e Mary se divertem muito brincando com fantoches e organizando shows para a família todos os dias. E, por fim, Donovan já está falando muito e forma frases completas!

    O papai está ocupado com um pedido grande de barris para os Barões do Rio do Capstão, mas ele manda lembranças! Não se esqueça de escovar os dentes e limpar as orelhas. Ah, Coop... estamos com muuuita saudade! E diga para Daz, Oggie, Mindy e Ingrid que mandamos um abraço!

Estamos com saudade, Coop!

Uma pontada de saudade de casa me invade quando leio a carta pela vigésima vez. E não posso deixar de sorrir com o desenho no verso.

Bem, agora vou escrever minha carta de resposta. Mas o que devo dizer? Como explicar isso? Sentado no canto da sala de correspondência, rabisco e apago inúmeras vezes. Sem saber ao certo escolher as palavras, fico recitando para mim mesmo.

> Papai e mamãe... vocês provavelmente já receberam a notícia oficial de que a escola vai fechar e que vamos voltar para casa.
>
> Mas eu não vou. Pelo menos, não por enquanto. Meus amigos e eu temos uma coisa importante para fazer.
>
> Não se preocupem. Eu amo vocês e estou com saudade.
>
> Com carinho, Coop.

Fico olhando para a carta por mais um momento antes de dobrar, guardar no envelope e colocar na caixa do correio.

Depois de verificar o horário, volto correndo para os dormitórios para me encontrar com os outros. Vejo que eles estão me esperando perto das árvores à direita do prédio construído em pedra.

— Você está atrasado. — Mindy me encara, séria.

— Desculpe, tive que resolver umas coisas de última hora — respondo, sem fôlego de tanto correr.

— Parece que fazer as malas não era uma delas. — Oggie sorri e pressiona minha mochila contra meu peito. Em seguida, ele me entrega o Esplendor de Cristal, em uma bainha novinha em folha.

— Eu bem que queria que os equipamentos que pegamos no Castelo dos Exilados tivessem ficado com a gente, e não trancados no cofre da escola — lamenta Oggie. — Posso jurar que um cinturão seria útil no Abismo.

— Nem fale. Uma varinha de telecinese também ajudaria bastante! — Ingrid responde.

— Bom, para começar, eles não eram nossos — explica Mindy. — Vai saber de onde os exilados tiraram aquilo tudo... Os itens estão no cofre por segurança.

— Mas então por que deixaram Coop ficar com o Esplendor de Cristal? — Oggie me cutuca, com um sorriso. — Não é justo.

— Olha, na verdade, se vocês não se lembram — Mindy refresca a memória de todos —, os Timbos deixaram bem claro que, de acordo com a antiga tradição dos gogumelos, o Esplendor de Cristal, também conhecido como a Espada dos Cem Heróis, escolheu Coop para ser seu dono!

— Isso é muito épico — admite Oggie, dando um tapinha em minhas costas. — Só pode ser coisa do destino, cara!

Poxa, do jeito que Oggie fala, parece uma grande responsabilidade. Eu não sou Miko Morga Megalomungo, o Grande Rei dos Gogumelos, muito menos algum dos outros cem heróis que carregaram o Esplendor de Cristal! Sou apenas Coop Cooperson, um simples garoto dos remansos da Terra Beira-Rio.

— Então... a gente vai mesmo fazer isso? — Daz pergunta ao grupo. Sua zoelha de estimação, a Docinho, mia ao lado dela.

Ingrid coça a cabeça e indaga:

— Alguém está com dúvidas?

Observando os rostos preocupados de todos, respiro fundo e digo:

— Eu sei que é arriscado, mas não vejo outra opção. Os próprios professores disseram. Eles não participam de uma expedição como essa há anos. Ainda mais para o Abismo. Meu instinto diz que eles vão precisar de nossa ajuda.

— Sim. Rake e os exilados são perigosos — Daz concorda. — Mas já lutamos contra eles antes.

— Isso — Mindy diz. — Então, quem melhor do que nós para ajudar os professores?

— Nesse caso, acho que está decidido — Oggie declara. — Nós vamos ajudar os professores e salvar Shane Shandar.

— Você disse "salvar Shane Shandar"? — pergunta uma voz atrás de nós.

Ao nos virarmos, juntos, vemos Zeek parado com sua mochila pendurada no ombro.

— Aconteceu alguma coisa? Ei, é por isso que estão fechando a escola?

Antes de conseguirmos responder, uma expressão de preocupação toma conta do rosto de Zeek.

— Essa não... Os exilados devem ter encontrado o último fragmento da Pedra dos Desejos!

> Seja o que for que vocês estejam fazendo, eu quero participar.

> Oi?

> Você ouviu o que eu disse. Alguém precisa deter os exilados. E eu quero me vingar.

— É... Zeek — eu digo, tentando encontrar as palavras certas. — Por favor, não conte para ninguém sobre isso. Nós...

— Pera lá! — Oggie resmunga, erguendo as mãos. — Não vamos levar Zeek. Ele nem sabe do que estamos falando.

— Sei mais do que você imagina — Zeek retruca. — Eu fiz parte dos exilados por um tempo, lembra? Vi como eles são de perto e pessoalmente. Posso ajudar.

Daz e Mindy me olham, parecendo desconfortáveis, mas depois dão de ombros. Ingrid sorri e acena com a cabeça, animada.

— Está bem — digo, por fim. — Zeek, você vem com a gente.

— ISSO! — ele grita, depois controla a empolgação e tosse. — Quer dizer... legal.

— Não acredito — Oggie resmunga. — Zeek Ghoulihan com a gente no Abismo? Palhaçada!

— Peraí, você disse Abismo?! — Zeek grita.

— Fala baixo — sussurro. — Sim, Abismo. É o último lugar em que se sabe que Shane Shandar esteve, então é para lá que nós vamos.

— Mas como vocês chegarão lá? — pergunta Zeek.

— Lembra da Broquinha? — Ingrid abre um sorriso largo.

— O veículo de Victor Sete? — Zeek arregala os olhos, incrédulo. — Mas ele foi destruído quando atravessamos o pátio, no semestre passado! Não me diga que foi consertado!

— Não totalmente. — Mindy, então, pega um livro estranho e surrado de dentro da mochila. — E eu estudei o manual.

— Então, vamos começar logo! — Zeek diz, animado, e todos param para encará-lo, surpresos.

— A Broquinha está guardada na garagem da estação de trem. O primeiro grande problema é passarmos despercebidos por Zarg — eu explico.

Sem dizer mais nada, atravessamos os corredores da escola até a estação de trem-púlver, abrindo caminho entre a multidão de alunos que esperam para embarcar no próximo trem.

> Você acha mesmo que dá pra fazer uma gambiarra na Broquinha?

> Trata-se de uma tecnologia ultrapassada muito peculiar. Mas creio que o antigo motor de garródio pode ser substituído por um motor-púlver de décima segunda geração, dos mesmos que são usados nos trens-púlver!

> Sei.

> Nós só teremos que redirecionar o engate e não deixar que a samofalange fique...

> Olha, numa boa, um simples "sim" bastaria.

E lá está Zarg, organizando a movimentação e gritando com qualquer um que ouse sair da fila.

Quando ele vira as costas, corremos para um canto escuro da estação, atrás de uma pilha de caixas de metal abertas, cheias de lixo. Mindy começa imediatamente a vasculhar as caixas em busca de peças.

— Isto vai servir. — Ela nos mostra uma bobina. Em seguida, volta a vasculhar e retira uma engrenagem cheia de graxa. — Sim, dá para usar isto aqui também.

— Precisamos de uma distração — Daz afirma.

— Não precisam correr! Isso não é uma evacuação! Fila única! E mantenham os bilhetes em mãos! Se vocês não estiverem na minha lista, não embarcam no próximo trem.

— Acho que a gente deveria esperar o trem chegar — sugiro.

Mas, de repente, uma sombra paira sobre nós, e minha boca fica seca.

— Ei, o que vocês estão fazendo aqui? — pergunta uma voz meio rouca.

É Axel! E suas duas sobrancelhas escamosas estão franzidas, formando uma letra Z.

— Vocês estão se escondendo?

— N-não — respondo mansamente.

— Parece que vocês estão se escondendo — Axel insiste. Ele parece se surpreender ao ver Zeek. — Você... agora está andando com o Time Verde?

— Ah. Oi, Axel — Zeek o cumprimenta, sem jeito.

— Owwnn... — Daz faz um coraçãozinho com as mãos, tirando sarro, enquanto Zeek e Axel continuam conversando.

Mindy dá um sorriso travesso.

— O que acabamos de ver aqui?

— Não sei. — Ingrid chacoalha a cabeça. — Algum tipo de ritual estranho entre garotos.

— Acho que eles são amiguinhos de novo — Oggie traduz.

— Que bom!

— COM LICENÇA! COM LICENÇA, senhor Eggtooth! — grita alguém.

Essa, não. É Zarg!

— O que vocês estão fazendo aí? — ele exige saber. Ao se aproximar, ele nos vê escondidos atrás dos caixotes. — Eu deveria imaginar! O Time Verde, junto com a senhorita Inkheart e o senhor Ghoulihan. Suspeito que sejam mais travessuras! O que significa essa reunião às escondidas? No horário de saída dos trens, heim?

Axel olha para nós e, de alguma forma, parece entender que estamos em apuros e que precisamos de ajuda. Sem dizer uma palavra, ele se vira para Zarg, tira vários chicletes do bolso, coloca-os na boca e começa a mascar vigorosamente.

Espantado, Zarg limpa a sujeira pegajosa do rosto e berra:

— Ora, seu insolente...

Mas Axel parte correndo a toda a velocidade para sair da estação.

— Volte para cá agora mesmo! — Zarg demanda, atrás dele.

— Era essa é a distração de que precisávamos. — Zeek dá risada. — Vamos embora!

Os alunos nos olham perplexos quando passamos correndo e pulamos da plataforma para o trilho.

— A oficina é por aqui! — Mindy informa.

Seguimos os trilhos do trem e chegamos a uma grande porta de metal construída na lateral da caverna. Pouco antes de entrar na garagem escura, ouço a voz de Zarg, que grita, frustrado:

— Onde estão aqueles delinquentes?!

— Rápido! — eu digo para os outros.

Oggie e Daz retiram uma folha grande e empoeirada do enorme chassi prateado da Broquinha. Para ser sincero, ela parece estar melhor do que eu imaginava. Os mecânicos da escola devem ter consertado a lataria.

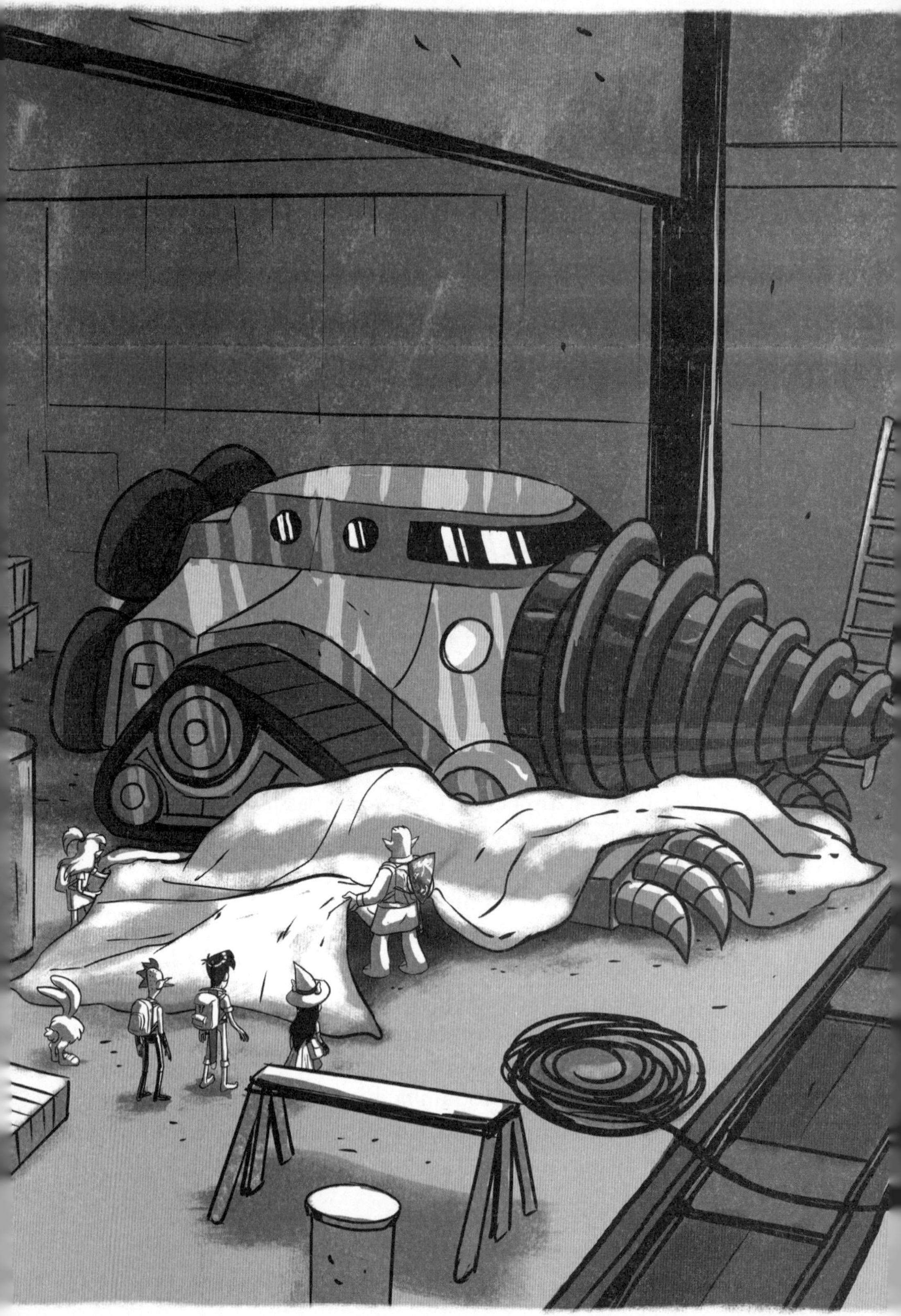

— Ok, entendi! O motor-púlver! — Mindy pega um objeto enorme de uma bancada da oficina e sai voando na direção da Broquinha, carregando o pedaço de metal redondo e ondulado, praticamente do tamanho de sua cabeça.

Todos nós nos amontoamos em torno do veículo, e Mindy abre os painéis verticais do motor com uma furadeira pneumática. Com a ajuda de Oggie, ela encaixa o motor-púlver em um compartimento apertado no meio e começa a engatar e desengatar várias travas e tubos.

De repente, Docinho começa a rosnar como um cachorro desconfiado.

— Essa não, ele tá aqui! — Daz alerta, espiando pela vigia. — É Zarg!

De dentro do veículo, ouvimos seus gritos abafados:

— Onde vocês estão? Que diabos estão fazendo aqui?

Mindy aciona um interruptor grande, e o motor-púlver ronca, ganhando vida e emitindo uma luz quente e brilhante. Consultando o manual, ela aciona mais alguns interruptores na cabine do piloto, e todo o interior começa a chacoalhar e tremer.

— Tá funcionando! — comemora Oggie.

— Inacreditável! — Grita Zarg, enfurecido.

Pela vigia, vemos Zarg olhando para a Broquinha, totalmente atônito. Ele puxa o bloco de deméritos e rabisca furiosamente.

— Essa é uma travessura que merece expulsão! Estão me ouvindo? Arrombamento e invasão! Ligação elétrica de propriedade da escola! Saiam daí imediatamente!

— Acelera! — eu grito.

Mindy assume os controles.

— Para onde vamos?

— Ahm... pra frente? — sugiro.

Com um rugido do motor e a furadeira rangendo, a Broquinha atravessa a parede da garagem para ir embora da Escola de Aventureiros!

CAPÍTULO

8

—Você tem certeza de que sabe dirigir esta coisa? – pergunto, com meu almoço revirando no estômago por causa dos sacolejos e balanços da Broquinha.

A gigantesca furadeira mecânica esmerilha o solo rochoso, fazendo os pistões e as engrenagens roncarem com o impacto.

— Claro que sim! — Mindy responde, e a Broquinha dá uma guinada.

O bico de metal em espiral do veículo se inclina para a frente tão rápido que, por meio segundo, meus pés são erguidos do chão e bato a cabeça no teto de metal, fazendo um **POING**.

— Ai! Achei que você sabia de verdade! — Passo a mão na cabeça, furiosamente.

— É moleza — Mindy ri ao me responder, nervosa. — Mas talvez seja melhor apertar o cinto!

Pulo em um assento junto com os outros e coloco o cinto.

— Caramba, eu estava com saudade disso! — Ingrid dá uma risadinha alegre.

— Às vezes, eu não te entendo, Ingrid... — Zeek cerra os dentes.

Mas Ingrid apenas ri e curte a montanha-russa.

— Não acredito que estamos mesmo fazendo isso! Estamos? — Oggie se dirige a ninguém em especial, agarrando-se à cadeira.

— Se não fizermos, quem fará? — Sentada a meu lado, Daz segura Docinho com força em seu colo.

Passamos as próximas horas correndo pela Subterra enquanto Mindy nos guia em direção ao Abismo.

Olho para Daz, que observa pela escotilha com um olhar sonhador. Ela parece perdida em pensamentos e solta um longo suspiro enquanto acaricia distraidamente as orelhas de Docinho. Será que ela está incomodada com algo? Vamos, Coop, diga alguma coisa.

— E aí, Daz? — eu chego conversando, ainda tímido. — Como estão as coisas com os seus pais?

— O-oi? — Daz gagueja. — Ah. Eles estão bem, eu acho. Ainda se acostumando com isto e aquilo, mas tudo está melhor.

— Legal — respondo, sem jeito. — Então, tipo, tá tudo bem?

— Tá.

— Maneiro — eu digo, sem entender nada daquela conversa. Maneiro? Então, tipo, tá tudo bem? Legal? É só isso que eu consigo dizer? Nossa.

O silêncio que se segue é doloroso.

— E seus pais? — Daz quer saber, animada.

— Eles estão bem! — resolvo imitar sua energia alegre. Mas, depois, não tenho mais nada para dizer. Sempre fico muito nervoso perto de Daz. Bem, sempre que estamos conversando só nós dois.

— Legal.

E aquele silêncio doloroso retorna, e ficamos os dois olhando para a frente sem saber o que fazer.

Naquele momento, uma sirene toca e uma luz vermelha pisca acima da cabine de comando.

— Opa... — Mindy passa a folhear o manual de Victor Sete. — Acho que temos um probleminha. O motor está superaquecendo!

— Um probleminha?! — Oggie grita ao ver a cabine cheia de fumaça.

— Coitada da Broquinha. — Mindy dá um tapinha na lataria de bronze da máquina gigantesca de escavação de túneis. Cada tapa soa como uma batida em um tambor grande e oco. — Não dá pra consertá-la aqui fora. Só espero que Victor Sete não fique muito chateado por termos estragado sua nobre montaria.

— Quer saber? — Daz balança a cabeça. — Vamos nos preocupar com Victor depois de sobrevivermos.

— Credo! — Oggie geme. — Não diga esse tipo de coisa!

— Concordo — Zeek diz, mas Oggie lança pra ele um olhar de desaprovação.

— Tudo bem, vamos nos manter unidos. Com a Broquinha fora da jogada, parece que não temos outra escolha a não ser ir a pé. — Ergo o Esplendor de Cristal em meu ombro. — Você sabe para onde estamos indo, Mindy?

Ela vasculha sua mochila e pega um grande mapa dobrado com as letras PCS estampadas no canto.

— Eu trouxe mais alguns mapas da Poços e Covas Subterrâneas, a PCS — Mindy explica, passando o dedo ao longo de uma rota longa e estreita. — A PCS tem muitos mapas, na verdade. Consegui alguns, mas o problema é que todos terminam no Abismo. Aquele lugar nunca foi mapeado!

> Nós estamos aqui.

> E na minha opinião o diretor Munchowzen e os professores estão indo nesta direção, para o Grande Fosso.

— O que você acha? — Ingrid entra na conversa, tirando o pó de seu chapéu de bruxa. — Seguimos a rota até o Grande Fosso e procuramos pistas por lá?

— Parece um bom plano — eu digo.

Então, começamos a longa caminhada em direção ao Abismo. Descendo ravinas subterrâneas, subindo por túneis sinuosos e passando por cânions intransponíveis, vamos avante em nosso caminho, fazendo breves pausas apenas para recuperar o fôlego.

— Vocês acham mesmo que vamos encontrar os professores? — Zeek pergunta ao grupo. — E Shane Shandar?

— Creio que sim — digo com tranquilidade. — Mas o Abismo é um lugar grande...

— Sem falar que está cheio de monstros — acrescenta Daz.

Oggie olha em torno, um pouco nervoso, subitamente consciente do ambiente ao redor, e indaga:

— Será que as histórias são verdadeiras?

Passo os dedos pelo cabelo e solto um suspiro nervoso. Quando eu morava na Terra Beira-Rio, já ouvia histórias sobre o Abismo de Eem. Meu pai costumava contá-las ao redor da fogueira, sobretudo durante o feriado do Dia das Trevas, quando os moradores de todas as aldeias de Jumulândia comemoravam aquele dia assustador trancando as portas das casas e compartilhando histórias. Geralmente, eram apenas contos sobre monstros folclóricos, como o João Medonho Cara-de-Bode, ou o espírito da abóbora, conhecido como Velho Rei Nack. Mas meu pai sempre começava as histórias com lendas de titãs que viviam nas profundezas da Subterra. O tipo de criaturas que fariam o Zaraknarau parecer uma aranha de jardim! Criaturas com tamanho suficiente para engolir uma casa! Criaturas que passavam os dias se banhando tranquilamente em lagos vulcânicos no núcleo derretido de Eem.

Você pode se perguntar por que ele contava essas histórias. Bem... "Porque o Abismo é real, meu filho!", ele dizia, com a luz do fogo brilhando em seu rosto como reflexo de lava. "E os monstros lá embaixo são tão reais quanto meu bigode! E na noite assustadora do Dia das Trevas, você pode ouvi-los se esgueirando na escuridão, com passos tão ruidosos quanto um trovão! Muahahahaha!"

— Tenho certeza de que nem todas são verdadeiras. — Daz coça o queixo de Docinho. — Mas com certeza há criaturas lá embaixo sobre as quais não se sabe muito. Vai ser emocionante! Nós só precisamos ficar de olho.

— Claro! Emocionante! — Oggie balança a cabeça.

Por fim, entramos em uma caverna onde nos vemos cercados por vários túneis enormes. Eu me lembro imediatamente do labirinto da aula de Ética da Aventura, em que ficamos andando em círculos. Como iremos saber em qual túnel devemos entrar?

— Quem liga pra até onde eles vão? — responde Ingrid, maravilhada. — Eu só queria entender como eles surgiram.

— Será que foram formados por tubos de lava? — Zeek passa a mão pela rocha lisa.

— Duvido. Acho que ainda não chegamos tão fundo. — Daz corre os dedos por enormes sulcos na parede. — Estas marcas parecem menos aleatórias. Quase orgânicas.

— Epa! Quando você diz "orgânico", quer dizer que foi um animal que fez isso? — Oggie engole em seco, recuando um pouco.

— OLÁ! — Zeek grita, e sua voz ecoa em todas as direções.

Minha nossa! Olha só o tamanho desses túneis!

Por qual deles será que eles foram?

Pelo que posso notar, aquele ali parece estar indo na direção certa. Ele pode nos levar ao Grande Fosso.

— *Olá, olá, olá...!*

— Não sei se isso é uma boa ideia — aviso Zeek, enquanto sua voz ainda ecoa pelo buraco cavernoso.

Antes de Zeek responder, um tremor se espalha por toda a caverna. Pedras se soltam das paredes arredondadas de um dos túneis atrás de nós. E o estrondo fica cada vez mais alto, até que uma massa escura começa a descer o túnel em nossa direção, como um trem-púlver com as luzes apagadas.

RUMMMBBBBLLLL

CAPÍTULO

9

O verme monstruoso a nossa frente abre sua horrível mandíbula bicuda e solta um guincho estrondoso que sacode toda a caverna. Terra e pedras caem sobre nós, e nos dispersamos como ratos diante de um gato faminto. Mas não há muito espaço para manobra nesta caverna. E entrar em um dos túneis seria desgraça na certa. O monstro poderia simplesmente nos engolir como insetos!

— O que é essa coisa? — eu grito.

— Tenho quase certeza de que é um furador-rei! — Daz responde.

O queixo de Mindy quase cai.

— Acredito que você tem razão. — Ela suspira.

— Eles vivem enterrados a milhares de metros abaixo do solo! — Daz continua. — São muito raros! Que sorte a nossa ver um deles!

— Puxa vida, como somos sortudos, né? — Oggie ironiza, correndo em círculos enquanto a grande fera sacode a cabeça lá no alto. — Valeu por lembrar!

— O que diabos vamos fazer?! — Zeek está congelado de terror.

— Sair do caminho dele! — Eu agarro Zeek pelo braço e o puxo em minha direção bem na hora certa!

Segurando Docinho no colo, Daz dá um salto para se afastar da enorme cabeça do verme.

— Não há para onde correr!

— Tive uma ideia! — Oggie remexe em sua mochila. — Vai que ele gosta de chocolate... Pô, quem não gosta?

Ele ergue uma barra de chocolate gigante e lamenta:

— Eu estava tão ansioso para comer isto aqui...

Em seguida, ele joga a barra de chocolate no túnel a nossa frente. Tudo parece ficar quieto enquanto o doce voa pela escuridão. Mas o furador-rei não morde a isca de Oggie. Sua cabeça balança como a de uma cobra, e ele agora passa a concentrar a atenção em Oggie, fazendo barulho com o bico.

Bom, isso até que Docinho salta das mãos de Daz como uma flecha lançada de um arco!

— Docinho, não! — grita Daz.

Mas a zoelha não a ouve e sai correndo pelo túnel atrás da barra de chocolate. Imediatamente, o furador-rei percebe o borrão cinza saltitante e se lança à frente, revelando mais detalhes de seu gigantesco corpo gosmento. A única coisa que podemos fazer é sair do caminho enquanto o verme gigantesco se arrasta pelo túnel atrás de Docinho.

O túnel treme como se tivesse havido um terremoto. Estou tremendo, com medo do pior que pode acontecer, e então ouvimos um berro gutural, seguido de um guincho agudo de animal, que perfura nossos ouvidos.

Daz se levanta, com o rosto já cheio de lágrimas, gritando:
— Docinho!

Mas o que vemos em seguida é inacreditável: Docinho, com a barra de chocolate na boca. Como se estivesse andando na direção errada de uma esteira rolante, ela está em cima das costas melequentas do verme, correndo contra o movimento da criatura.

Pulando e saltando, Docinho se impulsiona com seus pés enormes na parede do túnel e cai no chão, enquanto o corpo inacreditavelmente longo do verme passa zunindo por nós pelo túnel.

— Que tal pegarmos uma carona? — Ingrid esboça um sorriso.

— Heim? O que você quer dizer com isso? — pergunta Oggie. — Não dá pra pegar carona nessa coisa. Ela arrancaria nossas cabeças!

— Não se nos agarrarmos à parte de trás! — afirma Ingrid com naturalidade, enquanto o corpo do verme passa roncando a nosso lado como um trem. — Então, vamos nessa?

— Isso é loucura! — Zeek chacoalha a cabeça. — Maluquice completa!

Mindy dá de ombros.

— Não é uma má ideia! Podemos percorrer uma boa distância! Qual outra opção melhor nós temos?

— Ah, sei lá… — diz Zeek. — Não morrer, talvez?

Naquele momento, todo o comprimento do furador-rei finalmente passa pela caverna e entra pelo túnel para descer. Ingrid dá um salto como se estivesse pulando no vagão de um trem.

— Vem, gente! — ela grita.

Por uma fração de segundo, todos ficamos olhando uns para os outros, e depois corremos atrás da traseira gosmenta do verme. Daz pula primeiro, depois eu, Mindy e Oggie. Tropeçando e com os olhos arregalados, Zeek respira fundo e berra:

— Não acredito que estou fazendo issoooooo!

CAPÍTULO

10

O verme gigante se move pela vasta rede de túneis pelo que parecem ser horas. E, durante todo esse tempo, nenhum de nós fala muito. Falar o quê? Há terra voando para todos os lados e pelos grossos e eriçados em nossos rostos. E, além disso, não somos os únicos a pegar carona. Parasitas insetoides do tamanho de uma mão fechada, com olhos brancos leitosos, saltitam pela pelagem do furador-rei, piscando para nós sem entender nada. Mais de uma vez, sinto que vou perder a cabeça (e o controle), pois os insetos nojentos pulam a nosso redor como pulgas enormes.

De repente, o túnel começa a se abrir e podemos nos apoiar com um pouco mais de conforto e nos maravilhar com as cavernas da Subterra a nossa volta, com geodos e cristais de quartzo brilhando no alto como estrelas. Segurando com força as fibras grossas do pelo do furador-rei, mal posso acreditar no que estou vendo. Não dá para cansar de ver paisagens assim.

Saímos dos túneis escuros e entramos em uma caverna ainda maior, e o verme gigante desacelera até ficar lento como um trem-púlver parando na estação da Escola de Aventureiros.

O furador-rei se sacode e se acomoda no chão, o que nos dá tempo para descer por seu corpo peludo.

— Acho que ele parou para descansar — supõe Daz, falando baixo.

— Silêncio, pessoal — sussurro. — Com certeza não queremos acordar essa coisa de novo.

Com cuidado, a gente se afasta do verme adormecido. Em seguida, corremos todos em direção a uma floresta de estalagmites e estalactites que saem do piso e do teto da caverna, como dentes gigantes e cinzentos.

— Lá em cima. — Daz aponta para uma posição estratégica em uma rocha que se ergue acima de um enorme arco de pedra. — Teremos uma visão melhor a partir dali.

Ela passa com agilidade por um emaranhado de rochas irregulares. Todos nós vamos atrás dela, tentando ao máximo não fazer barulho, e nos espremicmos entre colunas de pedra quebradas. Mas Oggie fica preso.

— Ei! Alguém pode me dar uma ajudinha? — ele pede, sem conseguir se soltar.

Pego sua mão e puxo, mas ele não se mexe.

— Você tá bem entalado, amigão.

— Deixa comigo. — Zeek dá um passo à frente e segura a outra mão de Oggie.

— Prefiro que outra pessoa me ajude, obrigado — Oggie resmunga.

— Deixa disso, cara. — E com um puxão rápido, Zeek consegue soltar Oggie, mas não sem fazer com que as duas colunas se choquem contra o chão, produzindo um barulhão.

Quando a poeira abaixa, todos cerram os dentes, torcendo para que o furador-rei não tenha ouvido.

— Ufa! — suspiro, aliviado.

O furador-rei ainda dorme pacificamente, com seu corpo enorme subindo e descendo a cada respiração.

— Acho que estamos livres.

Porém, de repente, o chão sob nossos pés começa a balançar e tremer. E aí, começa a subir como um elevador. As estalactites acima vão nos empalar como uma armadilha de espinhos se não nos movermos rapidamente!

— Pulem! — eu grito.

Todos pulam da rocha e caem no solo. Olho para cima e vejo uma saraivada de terra e pedras, lançada por uma criatura feita da própria pedra. Ela vai se erguendo, mostrando por inteiro sua forma aterrorizante.

GRAARRRRR

E aí deparo com o olhar furioso da criatura gigantesca, suas mandíbulas abertas e famintas, seus muitos braços e garras se estendendo em minha direção!

— O que é essa coisa?! — Zeek está horrorizado.

— É um cragnark! — Mindy grita. — Um gigante primitivo, com quatro braços, quatro patas, reptiliano e feito de pedra!

— O quê? Isso é incrível! Pensei que eles estivessem extintos! — Daz se joga por cima de uma pedra caída.

— Pelo visto, não estão! — Oggie se desvia por pouco de uma estalactite que cai do teto da caverna e se parte como um melão. — Já sei: você acha que somos incrivelmente sortudos por termos encontrado uma dessas criaturas!

Corremos sobre o chão trêmulo, desesperados para fugir da fera, quando, de repente, o cragnark é arrebatado e cai no solo. O furador-rei parte para cima dele, atacando-o com força com seu bico gigante! As duas criaturas se agarram e se engalfinham como lutadores titânicos, e o cragnark se desvencilha do bico do furador-rei. Comparado ao verme, o cragnark não é tão grande, mas seu tamanho é compensado por sua resistência.

De qualquer forma, essa é a oportunidade perfeita para correr e tentar salvar nossas vidas!

Saímos em disparada para longe do duelo titânico e encontramos um caminho íngreme e sinuoso, repleto de areia vulcânica preta. A areia sibila como uma cobra sob nossos pés enquanto descemos em direção ao que esperamos ser o acesso mais fácil ao Grande Fosso, que aparece no mapa de Mindy. Todos ficam em silêncio, andando quietos em fila e tomando cuidado para não escorregar e cair.

Caminhamos por horas, percorrendo as fronteiras entre a Subterra e o Abismo. O lugar é árido, só rocha e areia para todos os lados. E quanto mais avançamos, mais nos afastamos das cavernas brilhantes e dos fragmentos de cogumelos que dão tanta cor e vida à Subterra. Este lugar não tem nada disso: é escuro, frio e solitário. E todo mundo está exausto.

— Que tal encontrar um lugar para acampar e descansar? — Enxugo o suor da testa.

— Aquele ali parece legal. — Daz aponta para uma colina solitária de pedra cinzenta que se ergue na areia preta.

— Para mim, tá bom — responde Oggie, ofegante. — Estou com fome, mesmo.

Caminhamos em direção à colina, mas acabamos descobrindo que não é uma colina, mas sim uma espécie de crânio! E um crânio enorme, com órbitas oculares que chegam a nossa altura.

— Me parece um crânio de cragnark! — Mindy esvoaça a nossa frente. — Os ossos são literalmente feitos de pedra. Mas... o que são todas essas marcas nele?

— Eles destroem tudo, Ingrid — respondo, balançando a cabeça. — Eles não estão nem aí pro Código do Aventureiro. Esses caras não se importam com nada. — Passando a mão sobre uma pichação em letras enormes que diz "Fora, Munchowzen", não posso deixar de torcer para que o diretor e os professores estejam bem. Talvez eles já tenham encontrado Shane Shandar. Talvez tudo tenha dado certo e nós tenhamos nos envolvido nesta aventura macabra à toa. Isso não seria tão ruim assim. Pode ser que eu receba uns cem deméritos de Zarg se isso for verdade.

Mas, diante dos ossos da mandíbula do cragnark, lembro dos exilados e de como eles podem ser perigosos, e isso me causa uma sensação da qual não consigo me livrar: o medo de que, se nossa aventura não der certo, decepcionaremos todo o mundo. Os professores, a escola, Shane Shandar, todos os habitantes das terras de Eem…

Daz e Oggie começam a montar nosso acampamento dentro do crânio, e Mindy usa uma pederneira para acender uma fogueirinha. Enquanto saboreamos um sachê de ensopado de guantílope, vejo que Zeek não está comendo.

— Sem fome? — pergunto, mas ele parece não estar me ouvindo.

Oggie solta um arroto:

— Broooop! — Na sequência, ele afirma: — Se você não comer, eu como.

Sem dizer nada, Zeek levanta, se afasta e se joga em um enorme dente molar, como se fosse um banco.

— Isso sim que é uma terra devastada — Zeek sussurra sozinho, olhando para a paisagem negra e árida que se estende diante de nós. — Não tem nada para lá. Só terra e escuridão. — Ele então percebe que estou de pé a seu lado. — Você acha que estamos em um beco sem saída? — pergunta ele, com a voz trêmula.

— Não sei, Zeek. Pode ser. Talvez seja o fim da linha para nós. Mas temos um trabalho a fazer.

— Não. — Zeek se vira em minha direção. — Não é o fim da linha pra você, Coop. Pra nenhum de vocês. Vocês sempre parecem saber o que fazer e como fazer. — Ele olha para longe novamente, para o nada. — Sou eu. Só eu. Não sei se estou pronto para isso.

— Isso não é verdade — digo, lutando para encontrar as palavras. — Nós todos temos dúvidas. Todos. O que estamos fazendo é difícil e assustador.

— Objetivamente falando — comenta Mindy —, toda esta aventura foi uma ideia perigosa, para não dizer imprudente, desde o início.

— Nem fale. — Oggie balança a cabeça. — Poxa, nós destruímos a Broquinha, Docinho quase foi devorada e quase fomos esmagados não por uma, mas por DUAS feras gigantes.

— E agora estamos exaustos e com frio, e praticamente não temos ideia de onde estamos — acrescenta Daz, com tristeza.

— Tenho uma vaga ideia de onde estamos — corrige Mindy, meio desanimada. — Mas, sim, entendi seu argumento.

Oggie ergue os ombros, olhando para mim e Zeek.

— Pois é, talvez este não tenha sido o melhor discurso motivacional, né?

A fogueira se acende, lançando uma luz assustadora no crânio gigante e sorridente a nosso redor. E, por um longo tempo, ninguém fala. Zeek olha fixamente para o deserto devastado. Daz sorri, visivelmente nervosa, enquanto acaricia Docinho. Oggie range os dentes com tanta força que consigo ouvir. E Mindy limpa seus óculos tão rápido que uma lente desencaixa. Mas, o tempo todo, Ingrid fica apenas batendo um dedo no queixo e cerrando os olhos, como se estivesse lutando contra um pensamento que não quer deixá-la em paz.

De repente, seus olhos se iluminam, e ela fala:

— Sempre que estamos diante de uma situação difícil é natural sentir que não vamos conseguir. Como se os obstáculos à frente fossem insuperáveis. — Ela tira seu chapéu de bruxa e se inclina, encostando-se na mandíbula enorme e pedregosa do cragnark. — Mas é para isso que serve a coragem. Para superar as adversidades. Para enfrentar o medo e a dúvida. E a verdade é que tudo depende de nós. Ninguém decide por nós. Nós mesmos temos que tomar coragem e encarar.

Oggie suspira, aparentemente sem se deixar afetar pelas palavras de Ingrid.

— Rake e os exilados podem decidir por nós — diz ele, apontando para as pixações na caveira . — Eles podem nos capturar novamente e nos prender, mas, desta vez, não teremos a chave.

— É verdade, eu acho — diz Ingrid, sem rodeios. — No entanto, eles não vão nos pegar sem ter que lutar, Oggie. Porque estamos aqui juntos. Somos uma equipe.

— É isso aí. — De repente me sinto cheio de esperança. — Nós somos o Time Verde e o Time Vermelho. Se fizermos isso juntos, as chances de dar certo serão maiores. Trabalho em equipe, como os professores sempre dizem. Poxa, se trabalharmos juntos e nos lembrarmos do que aprendemos sobre o que é ser aventureiro, garanto que encontraremos os outros. E Rake e os exilados nem saberão o que aconteceu! — Eu me animo e estendo a mão para uma reunião de equipe. — Se é pra seguir em frente, vamos juntos!

Sem dizer uma palavra, todos se juntam a mim, colocando as mãos em cima da minha. Suas caras fechadas de preocupação e dúvida desaparecem e são substituídas por olhares de uma recém-descoberta determinação.

— Agora precisamos descansar um pouco — eu digo. — Amanhã bem cedo sairemos para encontrar Shane Shandar e os outros!

Depois de nosso jantar de ensopado de guantílope, mal consigo ficar acordado. Deito perto da fogueira, fechando os olhos, e então sinto algo pular em minha perna! Que ótimo, mais alguma criatura abissal monstruosa se prepara para atacar meu rosto e comer meu cérebro! Eu desperto, mas, para minha surpresa, a criatura que pulou é Docinho.

— Hum — balbucio. — Oi, Docinho...

A zoelha de estimação de Daz nunca gostou muito de mim. Eu me encolho, esperando que ela rosne ou morda os dedos de meus pés. Mas não é isso que acontece. Em vez disso, ela boceja e se aninha a meu lado.

— Acho que ela está começando a gostar de você, Coop. — Daz me dirige um sorriso caloroso.

— Sério? — respondo, acariciando Docinho.

Puxa, isso é uma grande evolução. Se Docinho gosta de mim, talvez Daz também goste! Quer dizer, eu sei que Daz gosta de mim como amigo, mas... e se ela *gostar* mesmo de mim? Afinal, ela me deu um beijo no rosto no último dia de aula do semestre passado, e...

Certo, calma aí, Cooperson! Não se precipite. Não é hora de pensar em beijos e meninas bonitas. Você está em uma missão, nas profundezas da Subterra, no precipício do Abismo! Precisa se concentrar! Há muita coisa em jogo, né?

— Sim, acho que ela sempre gostou de você — diz Daz, contente. — Só leva um tempinho para conhecer o jeito dela. — Ela boceja e estica as mãos atrás da cabeça. — Boa noite, Coop.

— Boa noite, Daz — eu digo, com um grande sorriso no rosto. Então, fecho os olhos e, instantes depois, já estou dormindo.

Mas o sono não dura muito tempo. De repente, sou acordado por um apito agudo e o barulho de uma explosão.

— O que que é isso?! — pergunto aos outros, que já estão recolhendo suas coisas.

— Parece uma briga! — responde Zeek.

— Ali! — Mindy aponta para luzes que piscam e se afastam a distância.

Eu poderia até dizer que pareciam estrelas caindo do céu, mas sei que não é isso. Correndo sobre o deserto árido, seguimos o som furioso de fogo e aço. Paramos deslizando até chegar à beira de um penhasco rochoso e, ao olhar para baixo, ficamos espantados com o que vemos.

Vocês acham que podem ser o diretor e os professores?

Eles devem estar lutando contra os exilados!

BUUUM

Shane Shandar também pode estar ali!

Depressa, temos que ajudar!

CAPÍTULO 11

Levamos muito, muito tempo para correr do penhasco até o local da batalha. Sinto-me completamente impotente durante a caminhada em zigue-zague por uma paisagem rochosa e traiçoeira. Só consigo ver *flashes* na escuridão, e tenho a impressão de que os exilados parecem estar em vantagem. Cercados e de costas uns para os outros, os professores lutam para se defender contra os nether bhargs e contra a coleção de armas mágicas dos exilados.

Quando penso que estamos perto, somos obrigados a descer ainda mais por uma ravina antes de conseguir subir até a batalha. Acima de nós, os exilados voam pela escuridão montados em seus nether bhargs domados, em meio a clarões de fogo e magia. Finalmente, escalo a parede de rocha a nossa frente, mas sinto meu sangue gelar quando ouço um grito áspero de dor seguido pela risada triunfante de ninguém menos que Dorian Ryder.

— Dorian... — fervo de raiva, mas fico sem saber o que dizer.

Daz e Oggie empunham suas armas enquanto Ingrid e Mindy correm para ajudar os professores.

Dorian, porém, apenas ri.

— É melhor você voltar correndo para sua casa na Terra Beira-Rio, Cooperson. Não há nada que você possa fazer para nos impedir agora. — O nether bharg de Dorian se vira para nos encarar, batendo suas grandes asas. — Rake com certeza já encontrou o último fragmento da Pedra dos Desejos, e Shane Shandar está morto! Quem mais você vai trazer para lutar contra nós?

Os outros exilados, que não consigo identificar no escuro, imitam a risada cruel de Dorian, e com a cabeça girando, pergunto a mim mesmo: Shane Shandar está MORTO? Sinto o sangue se esvair de meu rosto, e parece que levei um soco no estômago.

— Não — Oggie diz, quase chorando. — Você está mentindo!

Ignorando o Oggie, Dorian parece notar Zeek pela primeira vez, e um sorriso malicioso se abre em seu rosto.

— Ora, ora, olhem quem temos aqui! O traidor duplo!

Zeek hesita por um momento.

— Cala a boca, Dorian!

— Pfff... De todo modo, você nunca teria conseguido ser um exilado — ele zomba. — Que patético! Agora você tem a honra de ser um traidor de quem absolutamente NINGUÉM gosta. Mas teve o que merece, não é?

Zeek parece murchar e dá um passo para trás. A meu lado, Oggie enxuga uma lágrima, ainda chocado com a notícia sobre Shane Shandar. Daz e eu trocamos olhares, sem saber se devemos atacar os exilados aqui e agora, ou ganhar tempo.

Dorian parece ler minha mente, e puxa as rédeas de seu nether bharg.

> Não se atreva a nos seguir, Cooperson.

> Ou você vai se arrepender...

Ele então ergue a mão e grita:

— Exilados! Voem!

Todos os nether bhargs batem suas asas grossas em uníssono e decolam no ar, deixando para trás um redemoinho de poeira que nos engole. É nesse momento que noto um cânion enorme logo a nossa frente. Deve ser o Grande Fosso! A entrada para o Abismo! Os exilados voam em círculo no ar e mergulham na escuridão, desaparecendo de vista num piscar de olhos.

Em um instante, minha raiva contra os exilados se transforma em preocupação com os professores. Vejo a professora Clementine, o treinador Quag e Scrumpledink esparramados no chão e se remexendo. Eles estão machucados e derrotados, com as roupas cobertas de poeira.

Avisto, então, Victor Sete, seu corpo de metal completamente rígido e crepitando com faíscas.

— Eu...f-f-falhei... Eu...f-f-falhei... — ele não para de repetir.

— O que há de errado com ele? — Oggie quer saber.

— Acho que foi atingido por algo que sobrecarregou suas engrenagens — Mindy supõe.

Esforçando-se para se levantar, a professora Clementine indaga:

— Que diabos vocês estão fazendo aqui?!

— Viemos ajudar — afirmo, sério, ajudando-a a se erguer.

— Mas como? — Ela estremece de dor por causa de um ferimento na barriga. — Vocês não deveriam ter vindo. É... é muito perigoso.

— Acho que deveRRRRíamos agRRRRadeceRRRR por eles terem chegado bem na hora — Scrumpledink grunhe, com as vestes rasgadas, a barba chamuscada e um braço balançando sem força ao lado do corpo.

— O que aconteceu? — pergunta Daz, preocupada.

— Nós... estávamos vasculhando a área, procurando sinais de Shane Shandar — conta a professora Clementine. — E aí... os exilados nos emboscaram.

— Do nada! Não tínhamos chance contra aquele arsenal de armas. — O treinador Quag range os dentes e tenta se levantar, mas seus joelhos se dobram, sem forças. Em seguida, ele examina a área, preocupado e assustado. — Ei, cadê... Munchowzen?

— Aqui! — grita Ingrid. — Rápido!

Atrás de uma formação rochosa saliente, o diretor Munchowzen está estatelado, completamente imóvel. Ingrid se inclina sobre ele, esfregando algum tipo de erva verde e passando em volta um rolo de bandagens.

— Ele está muito mal — diz ela, muito séria.

De repente, Munchowzen tosse, e sua mão agarra a minha. Seus olhos se arregalam, e um leve sorriso faz seu grande bigode branco se erguer. Olho para a professora Clementine, mas ela parece tão aflita quanto eu.

— Diretor Munchowzen — eu digo baixinho. — O senhor... o senhor vai ficar bem.

Ele geme e aperta minha mão com força.

> **Você não pode... deixar Rake vencer. Se ele juntar os fragmentos...**
>
> **pedirá tudo o que aquele seu coração sombrio deseja.**

— Cooperson... eu deveria ter imaginado. Ouça...
— Ele desejará riquezas, poder, o mundo inteiro, se quiser.
— O diretor respira, ofegante. Então, olha bem em meus olhos.
— Me dói muito... que vocês, crianças, tenham sido colocadas em uma situação tão terrível.

Lágrimas começam a escorrer por meu rosto quando Munchowzen dá um sorriso que não disfarça sua dor.

> **Mas vocês, meus Aventureiros Mirins... podem ser a única esperança de salvar a Terra de Eem... de um tirano terrível.**
>
> **COFF COFF**

Ele faz uma careta no esforço para falar.

— Vão... VÃO... — ele comanda, por fim. De repente, seu aperto em minha mão se afrouxa, e sua cabeça tomba para trás.

— Diretor? — eu chamo. — Diretor?

— O que está havendo? — pergunta Oggie, enquanto Daz e Mindy enxugam as lágrimas.

— Ele está indo embora. — Ingrid mostra um pequeno frasco com um líquido vermelho borbulhante e despeja tudo na boca aberta do Munchowzen. — Esta poção deve conseguir mantê-lo entre a vida e a morte, mas ele precisa de um médico.

— O que vamos fazer? — Zeek pergunta ao grupo. — Não podemos simplesmente deixá-lo aqui nesse estado.

Daz se inclina e acaricia a cabeça de Docinho.

— Vai se tornar muito perigoso daqui para a frente, garota. Você terá que ficar aqui com a tia Ingrid.

> Eu fico com ele.

> Levo jeito com ervas e alquimia. Posso ajudar a curar as feridas dos professores.

> Obrigada, senhorita Inkheart.

> Eu vou ajudar como puder, mas também estou na pior.

Ainda olhando em choque para Munchowzen, Zeek respira fundo.

— Você também pode ficar se quiser, Zeek — eu digo, sentindo o nervosismo dele.

— Não... eu vou para o Abismo — ele afirma, pronto para o desafio. — O diretor Munchowzen me deu uma segunda chance. E eu vou provar que ele fez a escolha certa.

A professora Clementine solta um suspiro longo e pesado.

— Não... não acredito nisso. Vamos mesmo permitir que essas crianças se aventurem sozinhas pelo Abismo?

— Você ouviu o que Geddy disse — responde o professor Scrumpledink. — E estou inclinado a concoRRRRdaRR com ele. Creio que não temos condições de prosseguiRRR. E se Shane ShandaRRRR estiveRRRR mesmo moRRRRto, essas cRRRianças podem seRRR nossa última esperança.

— Olha, eles chegaram até aqui! — grita o treinador Quag atrás de nós, ainda sem conseguir andar. — Isso é impressionante.

— E como foi que vocês conseguiram chegar aqui sozinhos? — pergunta Clementine, mas desiste de esperar pela resposta: — Não, não há tempo para explicações. Vocês têm que ir embora. — Ela aponta para trás, para um trio de animais enormes, com várias pernas, que eu nem tinha notado. — Ali. Os passos-murchos estão puxando o balão de ar quente.

— Balão de ar quente? — pergunta Oggie, perplexo, enquanto corremos na direção dos passos-murchos.

— É o que vocês vão usar para descer ao Abismo — explica a professora Clementine. — Você acha que consegue manusear um desses?

— Sem problemas — Mindy garante. — Consigo pilotar qualquer coisa. Vai ser moleza depois de ter dirigido a Broquinha.

Clementine arregala os olhos.

— Vocês pegaram a Broquinha?! Mas como...? — Ela desiste de novo. — Finja que não perguntei.

— Isso mesmo! Não tempos tempo paRRRa conveRRRRRsa fiada. Vocês pRRRRecisam se apRRRREssar, crianças. — E Scrumpledink instrui Oggie a girar o disco da válvula em um tanque de bronze. O ar rapidamente começa a inflar o enorme balão vermelho, revelando uma gôndola de madeira no formato de um barco a vela.

CAPÍTULO 12

Mindy manipula o maçarico do balão, criando uma onda de ar quente enquanto Oggie e eu soltamos cada um dos sacos de areia. Em segundos, levantamos voo, e a gôndola começa a se deslocar lentamente para cima, sobre o abismo escuro e ameaçador.

— A gente se vê em breve! — eu grito, colocando as mãos em concha em torno da boca, e vamos nos afastando cada vez mais de Ingrid e dos professores. — Nos desejem boa sorte!

— Boa sorte! — Ingrid grita, acenando animada enquanto os professores observam, apreensivos.

Momentos depois, Mindy inicia a descida do balão rumo ao cânion vasto e escuro. A cada minuto que passa, o abismo fica mais negro, e logo a única luz vem do brilho do maçarico do balão, que crepita e sibila. Dos dois lados do convés, paredes infinitas escarpadas se erguem rumo ao céu negro como a meia-noite. O vento sacode o balão à medida que descemos cada vez mais, tão devagar quanto uma pena caindo do pico de uma montanha.

— Espero que não demore muito, Daz — responde Oggie, revirando os olhos ao ver Zeek. — Mas vou dizer, estou começando a odiar altura.

— Somos dois, Oggie — digo, sentindo um arrepio. — Ou talvez seja só por causa da escuridão.

— Ei, alguém pode me dar uma mãozinha aqui? — Mindy se esforça para ajustar as cordas conectadas ao convés. — Esta corda vai guiar um leme, e assim podemos conduzir com mais precisão.

— Claro, pode deixar! — Daz faz um gesto com a cabeça para Oggie ir junto.

Zeek fica sozinho, ainda olhando por cima da grade.

Acho que qualquer momento é bom para ser gentil, não é? Então, me aproximo de Zeek e olho para o abismo ao lado dele. Zeek nem sequer me nota, mas tento não me sentir desencorajado por causa disso.

De repente, Zeek se vira para mim com uma expressão de cansaço no rosto. Ele respira fundo e, por um segundo, acho que vai explodir comigo, como na última vez em que tentei ser legal.

> **Coop, me desculpe.**
>
> **Perdoe por eu ter azucrinado você e Oggie, e por ter sido tão idiota. Eu... mandei mal.**

> **A-ah.**
>
> **Tudo bem, Zeek. São águas passadas.**

— Não — Zeek responde, abruptamente. — Eu precisava dizer isso. Estava querendo há algum tempo. — Ele passa as mãos pelo cabelo. — É que... às vezes, eu fico com muita raiva, sabe?

— Raiva do quê? — pergunta Daz, e de repente me dou conta de que o resto do Time Verde se reuniu a nossa volta para observar.

Zeek hesita por um momento.

— De tudo, na verdade. Da escola, de meus pais, de vocês... Mas acho que, principalmente, de mim mesmo. — Ele solta um longo suspiro como se tivesse estado prendendo a respiração por horas. — Eu simplesmente não consigo fazer o que esperam de mim. Minha família inteira coloca tanta pressão para que eu me dê bem na vida, sabe? E vocês são bons em tudo. Como posso corresponder a essas expectativas? Não sou inteligente, nem forte, nem corajoso!

— Não seja tão duro com você, Zeek. — Eu nunca o ouvi falar assim antes.

— Bom, é o que eu ouço de meus pais o tempo todo. Eles esperam que me forme com louvor e consiga um bom emprego na Poços e Fossos Subterrâneos. Até parece! Eu, um executivo de alto escalão como meu tio Lloyd? Sem chance! Sei que não sou bom para isso. Além do mais, depois de tudo o que aconteceu com os exilados no ano passado, nem sei se mereço...

Coloco uma mão no ombro de Zeek.

— Posso dizer com certeza que todos nós nos sentimos assim às vezes, Zeek. Bom, eu sei que *eu* me sinto — afirmo.

— Eu também. — Mindy esvoaça até chegar ao nível de nossos olhos. — Sei bem como é exigir muito de si mesmo. É algo com que tenho lutado muito.

— Sério? — Zeek dá de ombros. — Eu não sabia.

— Não podemos agradar todo o mundo, sabe? — Daz acrescenta. — Mas é difícil quando sentimos que estamos sendo puxados para muitas direções diferentes. É algo com que, sem dúvida, eu me identifico, agora que meus pais são divorciados.

— Meus pais também são divorciados — responde Zeek, surpreso.

> Poxa... Eu não sabia nada disso sobre vocês.
>
> Pois é. Todo o mundo tem problemas. Mas nós seguimos em frente, porque temos uns aos outros.

> Eu peço desculpas por ter agido mal... com todos vocês.
>
> Pfffff! Quanta bobagem!

— Creio que, às vezes, precisamos de espaço para sermos nós mesmos — eu digo. — Não é, Oggie? Lembra de seu pai? Ele queria que você parasse de "perder tempo" com arte e desenhos, mas você deu um jeito.

Todos nós olhamos para Oggie sem acreditar quando ele começa a bater palmas bem devagar e com sarcasmo.

— Parabéns, Zeek! Que grande atuação!

— O que você quer dizer com isso? — eu pergunto, mas Oggie continua balançando a cabeça.

— Não mesmo! Não tô acreditando no que tô ouvindo — ele resmunga. — Nenhum de vocês se importa com o fato de Zeek ter sido um cretino conosco? Tipo, o maior cretino que já existiu? — Ele se vira para Zeek e grita: — Você tornou nossas vidas um inferno por um ano inteiro!

Zeek desvia o olhar e baixa a cabeça.

— Eu sei — ele responde, sem jeito.

— Você não sabe de nada! — Oggie rosna. — Não foi você que teve que se preocupar se seu melhor amigo levaria uma surra se você não estivesse por perto para protegê-lo. Ou ser ridicularizado na frente de toda a turma! Você não teve que se preocupar em ver seus amigos voltarem para o quarto com lágrimas nos olhos!

Todos ficam em estado de choque, especialmente eu, ao ver Oggie prestes a deixar as lágrimas caírem.

Zeek se mantém em absoluto silêncio.

— Acho que já chega, Oggie — Daz tenta acalmá-lo. — Relaxa um pouco.

— Sim, tá tudo bem, Oggie. — Mindy repousa a mão em seu braço peludo. — Você não precisa ficar tão bravo.

— Não. Não tá tudo bem! — Oggie se irrita, virando-se abruptamente. — Eu estou bravo porque Coop é o cara, não é? Ele é o melhor! Coop é o único que tá sempre do nosso lado, apoiando todo o mundo. Mesmo quando não tem ninguém para apoiá-lo contra idiotas como Zeek. Zeek, o valentão, Zeek, o fanfarrão, Zeek, o TRAIDOR!

O silêncio é total quando Zeek, finalmente, olha para cima, com lágrimas escorrendo por seu rosto.

> O Oggie tem razão.
>
> Não há nada que eu possa falar para melhorar as coisas. Ou para fazer vocês me perdoarem pelas coisas horríveis que fiz.

Zeek se vira, enxugando as lágrimas.

— Mas não quero mais ser essa pessoa — ele prossegue. — Eu gostaria de poder desfazer tudo o que eu fiz. E juro que não sou mais assim. Mas acho que vocês não vão acreditar em mim, não importa o que eu diga.

— Tá tudo bem, Zeek — eu afirmo, com gentileza. Olho em volta para os rostos de todos e vejo apenas olhares vazios. Não sei mais o que fazer a não ser falar por eles. — Nós aceitamos seu pedido de desculpas. Sabemos que você não é mais assim.

Tocado pelas palavras de Oggie, não tenho certeza de como responder. Ninguém diz mais nada. Ficamos todos meio aflitos juntos durante a meia hora seguinte, sob a luz crepitante do maçarico do balão. Todos estão quietos quando, de repente, Daz dá um passo à frente e olha para o abismo cavernoso.

— O que foi aquilo? — Ela mira a escuridão.

— Não notei nada — responde Mindy, com as asas inquietas.

— Algo passou voando no escuro. — Daz coça a cabeça.

Todos se reúnem ao redor dela no convés, examinando as sombras em busca de algum movimento.

— Não estou vendo coisa alguma. — Tento observar melhor.

E, nesse exato momento, uma enorme forma negra emerge da escuridão a nossa frente!

Exilados! Atacar!

CAPÍTULO 13

— Como vocês são previsíveis! — Dorian grita. — Eu sabia que tentariam nos seguir... coitados! O nether bharg em que ele está montado corta o ar, acelerando em nossa direção como uma lança.

— Vocês não sabem mesmo a hora de desistir, né?

— Nós nunca desistimos — Daz o desafia. — Não enquanto você e sua corja estiverem por perto.

— Então, MORRA! — Dorian passa voando ao lado do balão e o golpeia com uma faca.

Em seguida, outro exilado atinge as cordas pela lateral. Mas, felizmente, o forte material sintético aguenta firme.

— Estamos sentados feito pteropatos nesta coisa — grita Oggie.

— Você tem razão — Mindy concorda, abafando os guinchos dos nether bhargs. — É só uma questão de tempo até eles furarem o balão!

— Mas não cairemos sem lutar! — exclamo, ecoando as palavras que Ingrid dissera.

O Esplendor de Cristal ganha vida em minhas mãos, lançando uma luz azul-esverdeada a nossa volta. Ao ver outro exilado voando em direção ao balão, balanço minha espada, e um lampejo de fogo sai da lâmina, fazendo-o pensar duas vezes antes de se aproximar.

Mindy pega o arco e solta uma flecha, que voa na direção de dois exilados que se aproximam.

— Toma essa! — ela grita.

— CUIDADO! — gritam eles, e seus nether bhargs desviam com tudo para evitar a flechada.

Um deles se choca contra outra besta que está circulando no ar, e não conseguimos ver o que acontece, mas ouvimos gritos e xingamentos na escuridão.

— Isso! — Zeek bate com o punho, mas seu sorriso se transforma em um olhar horrorizado quando Dorian dá a volta e vem em nossa direção.

— Abaixem-se! — eu aviso, e o nether bharg de Dorian se agarra ao balão, chacoalhando todo o convés.

Imediatamente, o balão de ar quente passa a soltar um chiado horrível pelo buraco rasgado, e começamos a cair muito rápido. Experimento uma estranha sensação de formigamento na barriga ao despencar, como quando eu costumava pular do alto do balanço de pneu para dentro da baía perto de minha casa. Só que, desta vez, não há água limpa e fresca para cair. Nada disso, tudo o que existe é uma escuridão fria e absoluta lá embaixo. E se continuarmos caindo nesse ritmo, com certeza vamos nos *espatifar*, e não aterrissar!

Mindy ajusta freneticamente a válvula da chama para desacelerar nossa descida, mas parece que não está funcionando.

— Isso não é nada bom! Nada, nada bom — ela anuncia.

Todos nós andamos de um lado para o outro no convés, sem saber o que fazer, enquanto o vento uiva em nossos rostos como se estivéssemos no meio de uma tempestade no mar.

— Hum, o que é aquilo? — Oggie tá olhando para o negrume lá embaixo.

SHHRRIIIP

— O quê? — pergunto, confuso.

Oggie aponta, e eu finalmente entendo o que ele quer dizer.

— Aquelas coisas brilhantes lá embaixo! Parece que estão voando em nossa direção.

— Sim, e os exilados também! — Zeek grita do outro lado do convés. — Eles estão virando na direção da outra passagem!

Vários exilados liderados por Dorian Ryder descem com uma velocidade assustadora, com seus nether bhargs em volta de nosso balão como tubaligres famintos.

— Derrubem esses caras! — Dorian ruge.

Porém, no momento em que os exilados estão prestes a nos atacar, preparando nosso fim trágico, uma nuvem de luz brilhante se espalha sobre todos como uma onda.

Não consigo ver quase nada com aquelas estranhas criaturas voadoras nos golpeando e se prendendo como sanguessugas a tudo que há à frente! Em nós, no convés, na parte de tecido do balão e até nos exilados! Na verdade, os exilados ficam tão assustados que Dorian ordena uma retirada.

Os nether bhargs gemem e batem suas asas loucamente. Um momento depois, eles desaparecem, sumindo de vista.

Com o Esplendor de Cristal, derrubo alguns dos monstros com cara de ventosa antes que um deles se agarre a minha perna.

— O que são essas coisas? — eu grito.

Daz dá um giro e acerta em alguns, que saem voando pelo convés.

— Não faço ideia!

— Nem eu! — Mindy dispara uma flecha.

— Eles estão roendo o balão! — Zeek avisa. — E mastigando os equipamentos!

De repente, ouve-se um **POP**, e o balão murcha e se agita com o vento forte. Todos a bordo ficam de cabeça para baixo! O cordame começa a se torcer, e a embarcação inteira gira como um pião.

— Segurem-se em alguma coisa! Qualquer coisa! — eu grito, enquanto o balão cai no poço sem fundo.

Jogando-me no chão para me segurar em uma corda de amarração, caio no convés e dou de cara com Oggie, que se segura no corrimão com os dentes cerrados.

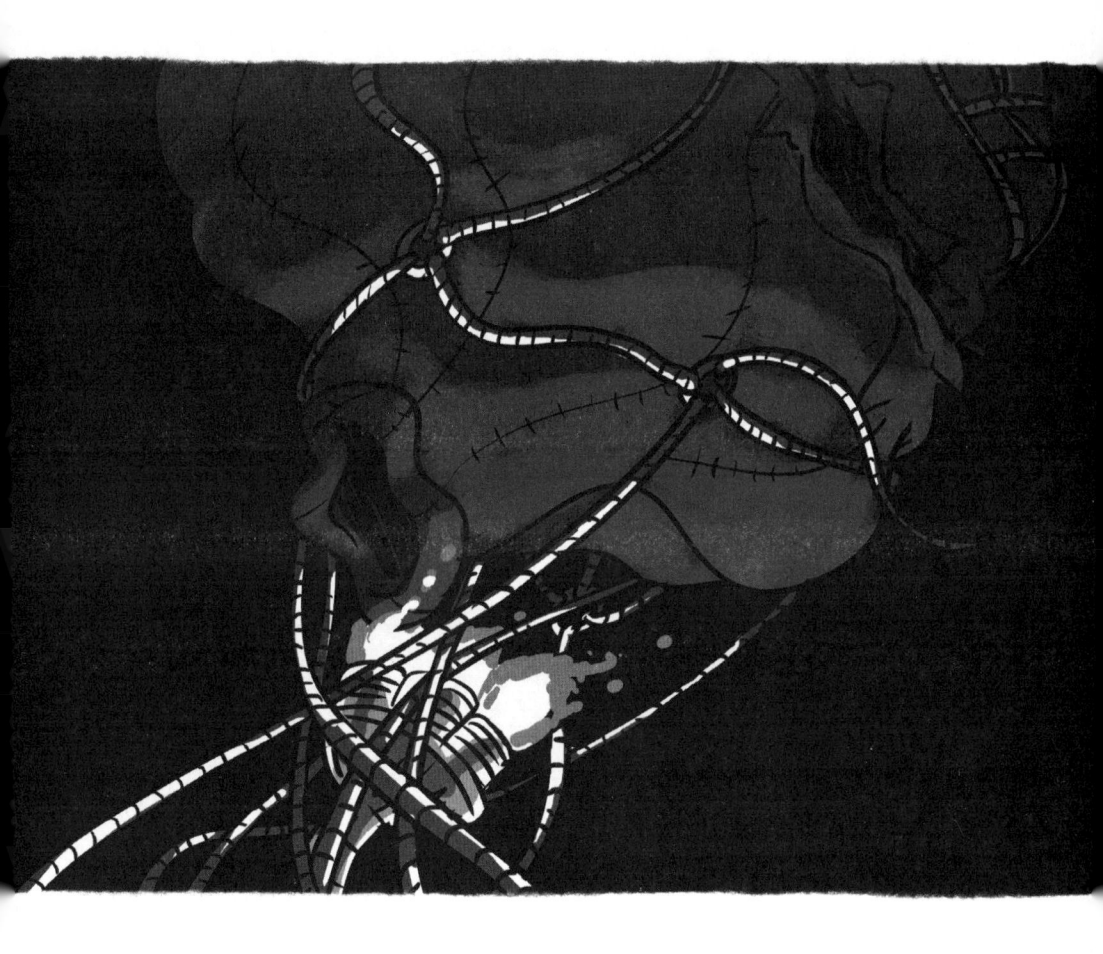

— Isso não é bom! — exclama Zeek.

— Tenho que encontrar uma maneira de desacelerar a descida, ou vamos virar pó! — Mindy flutua entre o motor em chamas e o balão em queda.

— Cuidado! — Daz alerta, e uma enorme pedra preta que cai da parede do abismo se choca contra a gôndola.

A força repentina do golpe faz o balão girar sem nenhum controle.

— Não adianta! — responde Oggie. — Estamos perdidos!

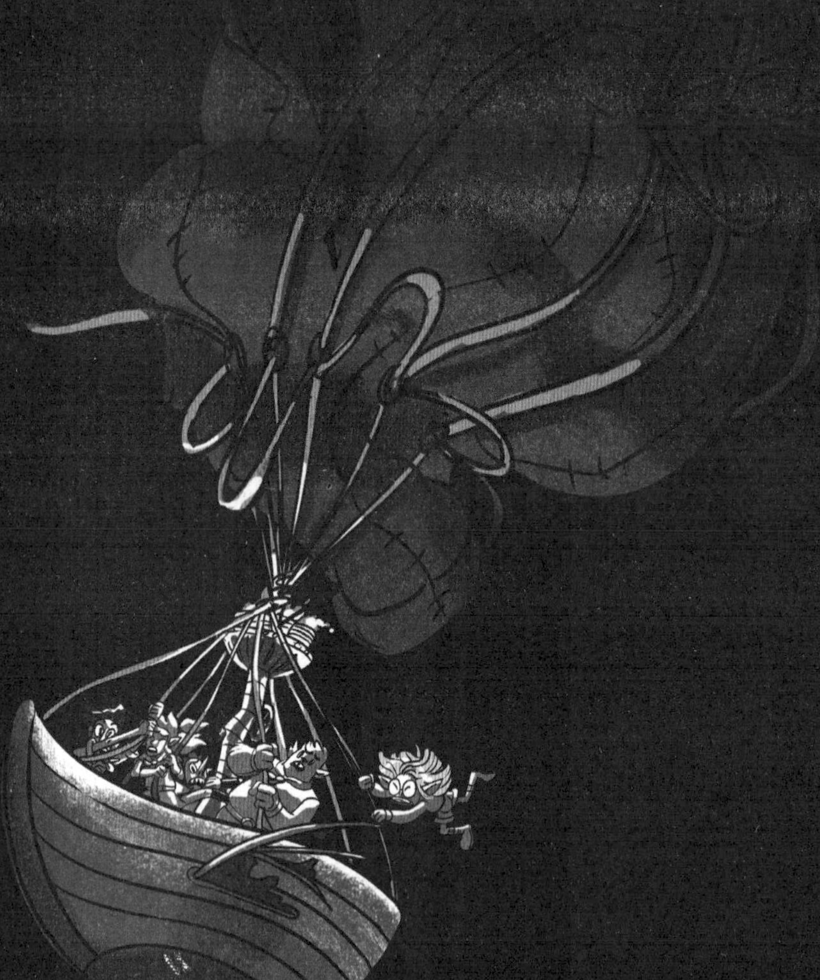

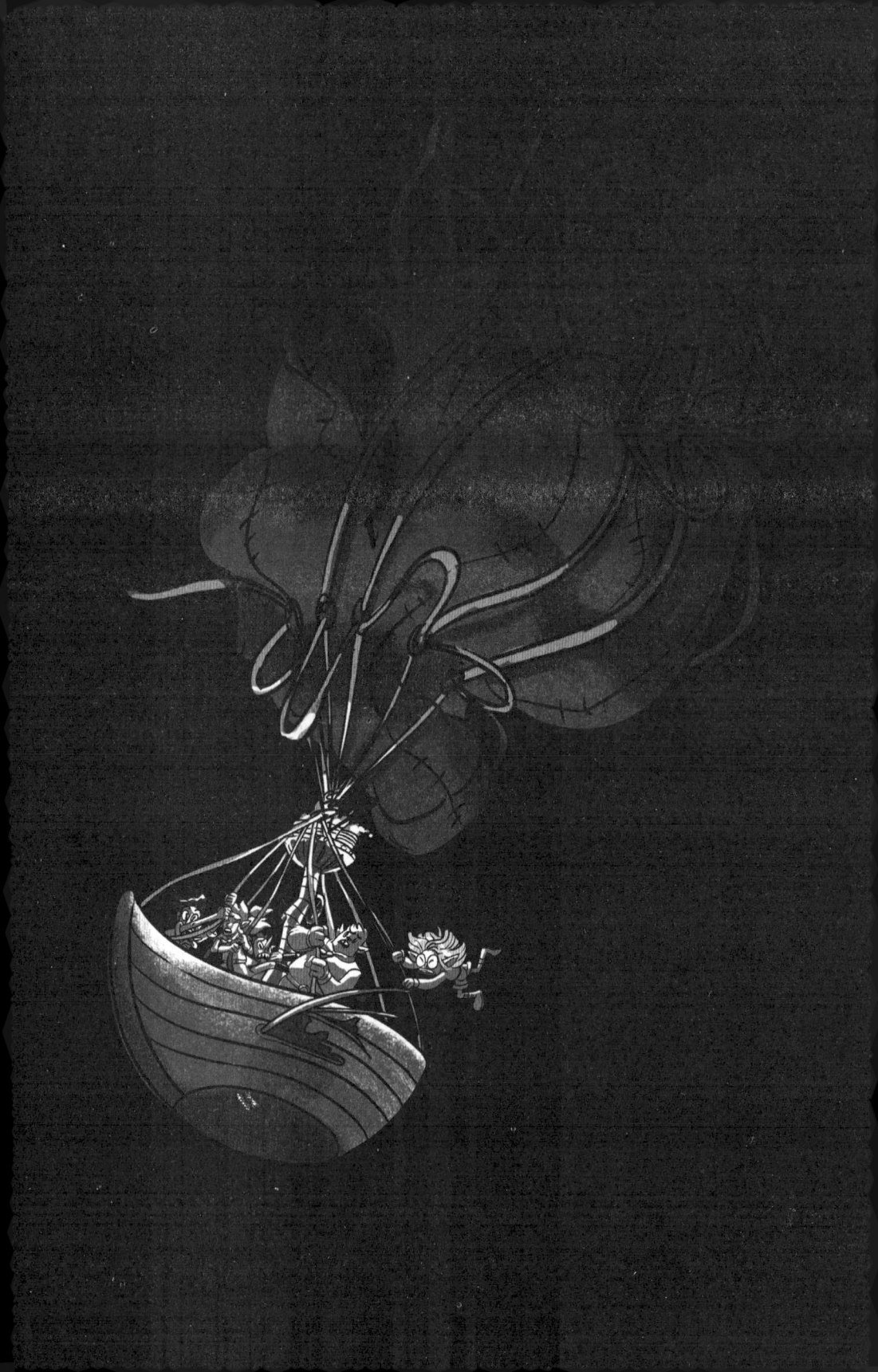

CAPÍTULO 14

O vento gritante entra em meus ouvidos e faz meus olhos arderem. Caímos tão rápido que parece que meu jantar está socando meu cérebro! No caos rodopiante, não tenho ideia do que fazer, quando, de repente, ouve-se um som cortante terrível, como se um ogro estivesse rasgando um pedaço gigante de papel. O balão inteiro dá um solavanco para cima, e nossos corpos flutuam no ar por vários segundos antes de nos chocarmos contra o convés, fazendo um barulhão. Ainda agarrando-me ao corrimão, com os nós dos dedos brancos de tanto apertar, eu me levanto lentamente para analisar a escuridão a nossa volta.

— O que aconteceu? — Daz solta suas mãos das costas peludas de Oggie.

Estamos olhando para a escuridão aparentemente interminável lá embaixo, incertos sobre o que fazer em seguida, quando, do nada, ouvimos uma voz vinda lá das profundezas, que pergunta:

— O que vocês estão fazendo aí em cima?

A luz de uma lanterna se acende, revelando um homem-toupeira falante com um chapéu de abas largas.

— Faz alguns anos que não temos visitantes por aqui, viu? Bom, até um tempo atrás. Mas de onde vocês vieram mesmo?

Para meu espanto, o homem-toupeira está parado a menos de seis metros abaixo de nós. Se não tivéssemos ficados presos àquela pedra, teríamos morrido! Mas aqui estamos, no fundo do Grande Fosso! Quase não consigo acreditar.

— E aí, o que têm a dizer? — A toupeira semicerra os olhos escuros. — Ou será que vocês são selvagens que não sabem falar! Tudo bem também!

— Não, hum... Nós sabemos falar! Desculpe... oi! — respondo, exausto. — Meu nome é Coop Cooperson, e estes são meus amigos: Oggie, Daz, Mindy e Zeek. Só estamos apenas um pouco agitados, não é nada.

Meus amigos acenam, mas posso ver que eles ainda não sabem o que pensar daquele simpático estranho.

— Ah, tô percebendo. Quem não ficaria, né não? Despencando do céu como ocês despencaram... — Ele dá risada.

Com isso, Oggie solta um pouco da corda para fora e Daz a amarra com força no corrimão da gôndola. Nós nos revezamos para descer, e Mindy vem pairando logo atrás de nós.

— Será que aquilo ali é um quob? — Daz aponta para a criatura que parece um tronco trêmulo ao lado do homem-toupeira.

— Pode crer que sim! — responde a toupeira. — Merf é o nome dele.

E estes aqui são Rita, Régis, Márcio e Linda.

Pois, então, amigos. O que traz ocês até as terras de Delmer Pasperto? Sim, eu mesmo, o próprio.

— Na verdade, estamos procurando uma pessoa — digo, animado. — Um grande herói chamado Shane Shandar. Você o viu por aí, por acaso?

— Ou quem sabe um bando de idiotas voando nuns monstros morcegões medonhos? — Oggie acrescenta, erguendo a mão.

Delmer franze a testa, e suas grossas sobrancelhas se encolhem. Ele mexe no queixo, pensativo, e depois acaricia o focinho de um de seus companheiros quobs. O bicho bufa de prazer.

— Até agora, vi não nenhum herói, como ocês chama — diz Delmer, ainda mexendo no queixo. — Mas já vi um povo ruim demais da conta, isso sim. — Ele acena com a cabeça, para dar ênfase ao que diz. — E fiquem sabendo que esse povo tá voando pra lá e pra cá nuns nether bhargs. Mas tenho que te corrigir, meu amigo peludo. Os nether bhargs não são monstros, nem morcegos, isso é certo. Por aqui, a gente chama esses bichos de dragões das cavernas, por assim dizer.

— São os exilados — murmura Daz, antes de Delmer continuar a falar.

— Mas, olha, bem que eu me lembro... Calma lá, do que ocê chamou aquele povo? — pergunta Delmer, curioso.

— Exilados — eu digo, muito sério.

— É isso! Vi esses aí, os exilados, numa baita briga com um sujeito desacompanhado — conta Delmer, fazendo gestos com as mãos como se fossem criaturas voadoras. — O tal sujeito, barbaridade, tava numa enrascada danada, mesmo com aquele jeitão de bom de briga. E, minha nossa, ele parecia um paladino daqueles bem bravo, com um chapéu de aba larga, não muito diferente desta belezura aqui. — Delmer passa um dedo sobre a aba de seu chapéu.

— Ei, parece uma descrição de Shane Shandar! — digo.

— Eu sabia que Dorian Ryder estava mentindo. — Oggie sorri. — Shane está vivo!

— Epa, epa, peraí, gente boa. O causo não é essa alegria toda, não — Delmer interrompe, com uma pontada de desânimo na voz. — O sujeito do chapéu deu um susto nos exilados, mas, no final, acabou despencando no Bréu.

Nossos corações quase param.

— Como assim, despencou no breu? — pergunta Zeek, com uma expressão intrigada.

— Não é breu — Delmer corrige: — É Bréu! Um buracão bem fundo, com uns cem lances de pedra de comprido e muito mais de fundura. O herói docês caiu lá dentro durante a briga e deve ter virado uma pamonha lá no fundo, com o perdão da palavra.

Delmer deve ter percebido o pavor em nossos rostos, porque ele volta a falar, tentando nos consolar:

— Sinto muito. Eu até tava querendo descer atrás dele, mas o Bréu tem um punhado de coisas terríveis, isso sem falar de Gus Lúgubre!

— Quem... quem é Gus Lúgubre? — Oggie quer saber, embora com certa hesitação.

— E Gus Lúgubre não é muito chegado em intrusos. — Delmer faz uma careta. — É o que dizem por aí.

— Por pior que seja, devemos a Shane Shandar entrar na fenda e encontrá-lo. Ele ainda pode estar vivo — eu digo, com o máximo de confiança que consigo demonstrar.

— Mas e Gus Lúgubre? — Oggie mostra uma expressão preocupada.

Lanço um olhar para Delmer, como que perguntando se aquelas histórias eram mesmo verdadeiras. Também não tenho motivos para acreditar que sejam só conversa pra boi dormir. Poxa, entre o furador-rei e o cragnark, isso sem falar das criaturas voadoras com cara de ventosa, as histórias sobre os monstros do Abismo não são só lero-lero. E, sendo as histórias verdadeiras, talvez esse Gus Lúgubre também seja. E, nesse caso, acho que já passei de minha cota de exploração de velhos covis de feiticeiros.

Eu consulto aos demais:

— O que vocês acham? Shane Shandar pode estar ferido.

> Lá no fundo do Bréu é onde mora Gus Lúgubre!
>
> Dizem por aí que é um sábio! Daqueles que sabem conjurar magia das antigas, manipular fogo, água, vento e pedra.

— Vamos nessa — responde Daz, sem hesitar. — Descarregaremos a gôndola e partiremos imediatamente.
— Vou pegar as tochas. — Mindy ajusta a mochila.
— Oggie? Zeek? — pergunto.
Eles se olham por um segundo, e então Oggie revira os olhos.
— É claro que tô dentro. Mas não posso falar por esse cara.
— Eu também — Zeek afirma.
Como uma máquina bem lubrificada, pegamos nossas mochilas e equipamentos espalhados.
— Estamos prontos para ir até o Bréu, senhor Pasperto! — Mindy observa.
— Muita calma nessa hora, pessoal. — Delmer ergue a mão. — Eu mesmo vou levar ocês até o Bréu amanhã bem cedinho. Mas, antes, faço questão de que venham comer em minha casa! Eu e minha patroa faríamos muito gosto em preparar um grude de bolotata pro cês. É bom demais da conta!

Oggie abre um sorriso largo.

— Bom, não podemos negar uma boa refeição, né?

Os outros e eu damos de ombros.

— Estou com muita fome — admito.

— Ocês não vão ter serventia nenhuma pro amigo herói se estiverem cansados e de bucho vazio! Venham comigo, me sigam! Meus quobs e eu conhecemos o caminho como a sola de nossos pés. — Delmer ri e nos conduz para a escuridão com sua lanterna fraca, que, ao olhar mais de perto, constato não ser nada mais do que uma minhoca luminosa sentada confortavelmente em uma vagem dentro de um pote de vidro.

> Gostei de sua minhoca solar.
>
> Agradecido. O nome dela é Gladis. Estamos juntos faz trinta anos.
>
> Prazer em conhecê-la, Gladis.
>
> Encantada, senhorita.

Nós nos embrenhamos na mina de pedrapó por algum tempo, liderados por Delmer, que usa o focinho como uma bússola para farejar o caminho a cada passagem. Por fim, chegamos à casa dele, onde uma mulher-toupeira está despejando um balde de comida em um cocho, no qual um grupo de quobs aguarda alegremente pelo jantar.

Antes que Delmer ou qualquer outra pessoa pudesse responder, a senhora Pasperto nos agarra e nos dá um grande abraço.

— Ora, marido, esse povo vem da Subterra, sabia não?

— Sabia sim, mulher querida. — Delmer ri. — Caíram do céu que nem caspa de cogumelo.

Ainda nos abraçando, a senhora Pasperto se apresenta:

— Meu nome é Gema, e vocês são muito bem-vindos em nossa casa, fiquem sabendo! Faz um tempão que não recebemos visitas!

Antes de nos darmos conta, já estamos sentados em volta de uma mesa grande e retangular com uma pilha enorme de bolotatas fumegantes recém-saídas do forno. A princípio, fico um pouco desconfiado, considerando que... bom, considerando que não sei nem o que é isso. Porém, o cheiro é tão bom que não consigo me controlar. E UAU! Que delícia. O sabor é igualzinho ao de frango frito!

— O que é isto? — pergunto, com a boca cheia.

— Um tipo de fungo! — responde Delmer, orgulhoso. — Não tem nada de bicho aí, fique ocê sabendo!

— Quer mais um pouco, rapazinho? — Gema abre um sorriso largo e radiante. — Tem bastante!

E assim a refeição continua por um tempo, até nos sentirmos tão satisfeitos que parece que vamos estourar. Aquecidos pelo fogo, de barriga cheia e prontos para dormir, somos levados a uma sala de estar pequena e aconchegante, que os Pasperto arrumaram com cobertores fofos e travesseiros macios.

Mas, quando deitamos para relaxar, Delmer e Gema começam a cochichar na cozinha. Depois de alguns minutos, eles voltam para a sala de estar.

— A gente trocou uma ideia e decidiu que não dá pro cês se aventurarem sozinhos pelo Bréu — diz Delmer, com sua mulher concordando com a cabeça ao lado dele. — Um de nossos quobs, Merf, se ofereceu para ir junto. Além do que, temos uns negócios aqui que podem ajudar na empreitada.

Então, Delmer se aproxima e se senta em uma grande poltrona que parece estar coberta de musgo.

— E isto aqui... — Ele tira uma pequena esfera de vidro com tampa de rosca. — ... é uma granada de brilho.

Fico maravilhado com o dispositivo. Olhando para o vidro, posso ver uma leve cintilação, como vaga-lumes que correm para a frente e para trás.

— As criaturas do Bréu não gostam muito de luz — explica Delmer. — Quando o bicho pegar, jogue este toquinho pra longe, que ele explodirá num clarão que vai fazer até a criatura mais terrível lá de baixo colocar o rabo entre as pernas e voltar para onde veio!

— Obrigado — respondo. — Nós agradecemos muito, senhor e senhora Pasperto.

— Não tem por quê. — Gema Pasperto nos brinda com um largo sorriso. — Vocês são bons garotos. Agora, descansem. O Bréu não é tão longe daqui, e vocês vão partir amanhã bem cedinho!

Damos boa-noite e, no conforto dos cobertores macios, travesseiros fofos e uma lareira quente, adormecemos, esquecendo todos os nossos problemas por um breve momento.

CAPÍTULO 15

Depois de um farto café da manhã com omelete de bolotata, acompanhado de bolotatas fritas e um copo surpreendentemente refrescante de suco de bolotata espremido na hora, Delmer Pasperto nos conduz em uma viagem de duas horas pelo deserto escuro que se estende para trás de sua casinha humilde. Enquanto nos conta suas várias histórias, ele fala algumas expressões muito engraçadas, como "maior do que um coçador de costas de um cragnark!" e "tão triste quanto macarrão molhado numa dua-feira". Não sei ao certo o que isso quer dizer, mas eu poderia ficar ouvindo essas histórias por horas!

— Bão, chegamos! — Delmer anuncia quando nos aproximamos de uma fenda longa e irregular na terra. — Aqui fica o Bréu. Vai mais pro fundo do que pra frente, e a escuridão é mais escura do que aqui, como eu sempre digo! — À medida que ele desenrola vários carretéis de corda, sua expressão vai ficando um pouco mais séria. — Agora, escutem meu conselho. Nunca deixem de alimentar Gladis com flocos de bolotata, pra luz dela alumiar bastante. E, se eu fosse ocês, não cairia do céu de novo.

— Diga aí, rapaz. — Delmer olha para Zeek ao terminar de atar as cordas em nossas cinturas. — Eu bem notei que você é o único rapaz desarmado do grupo! Não dá pra querer se defender no Bréu só com essa língua afiada e uns socos. Aqui, pegue meu cajado. — Delmer entrega a ele um bastão retorcido e resistente. — Feito da mais antiga e fina raiz de macabruva! Se algum ser medonho quiser te dar uma mordida, ocê dá uma pancada na cabeça dele com essa belezura, e os outros vão pensar duas vezes!

> Procês ficarem o mais seguros possível, acho que seria bão amarrar ocês no Merf.

> Os quobs são fortes e sabem escalar muito bem, viu?

— Sério? — Zeek arregala os olhos. — Pra mim?!

— Claro, sô!

— Obrigado, senhor Pasperto. — Zeek faz uma reverência.

— Acho que já chega. — Delmer bate suas mãos com garras uma na outra. — Foi um grande prazer conhecer ocês, ô se foi! — Ele continua, com um tom um pouco solene: — Ocês se cuidem lá embaixo, viu?

— Faremos o possível — garanto a ele. — E obrigado por tudo, senhor Pasperto.

— É isso aí! — Oggie acrescenta. — E diga à senhora Pasperto que a comida dela é a melhor de todas!

— Pode deixar! — Em seguida, Delmer se inclina e faz um carinho na nuca de Merf, o quob. — Cuide desses meninos bacanas e não deixe que eles se metam em encrenca, viu, Merf? Vão com cuidado!

Merf responde com um ronco animado.

— E o que devemos dar de comer a Merf, senhor Pasperto? — pergunta Daz.

— Ah, não se preocupe com ele, não. — Delmer chacoalha a cabeça. — Merf come qualquer coisa que achar no mato. Os quobs são fáceis de tratar. E também não se preocupem em trazer Merf de volta para casa. Ele encontrará o caminho de volta assim que vocês se despedirem. Merf tem o nariz mais forte do que o peido de um ogro!

Depois de dizer isso, Delmer aperta nossas mãos e nos deseja boa sorte, e começamos a descer a grande fenda do Bréu.

A descida até o Bréu é longa e árdua. Vamos rastejando como aranhas cuidadosas enquanto Merf ancora nossa descida e Mindy nos observa com suas asas agitadas. Somente a pálida luz azul de Gladis, a minhoca solar, ilumina o caminho, e, sob nossas mãos e pés, percebo que as rochas são pretas, brilhantes e lisas — quase como obsidiana.

— Se não estou enganada, esta pedra se chama abissina — explica Mindy —, um vidro vulcânico raríssimo, formado a partir do fogo mais quente do núcleo de Eem.

— Uau... — comenta Oggie, impressionado. — Nunca pensei que algum dia entraria tão fundo no subsolo.

Também notamos muitos seres rastejantes nas rochas, se mexendo e se esgueirando para se aproximar de nós. Alguns deles são ainda mais pretos do que as rochas, só perceptíveis por causa da viscosidade de seus corpos, ao passo que outros são tão brilhantes e coloridos quanto borboletas, com suas listras e manchas. E todos eles têm MUITAS patinhas minúsculas. Eca!

— A professora Clementine passaria um dia inteiro no campo examinando esses espécimes! — exclama Daz. — Aposto que a maioria deles não foi sequer estudada ou catalogada!

Eu sei que já disse que não tenho mais medo de aranhas. Não depois de matar o temido Zaraknarau no labirinto de cogumelos e de fazer amizade com nosso bibliotecário, o senhor Quelíceras. Mas não tenho vergonha de admitir que coisas com toneladas de minúsculas patas que se movem ainda me causam arrepios. Ainda mais quando elas estão LITERALMENTE rastejando sobre minha pele!

Por um segundo, fico tonto e perco o controle sobre a parede lisa de abissina. E então, no segundo seguinte, sinto-me flutuando no ar. O que é estranho, mas que sorte a minha! Olho para cima e vejo Merf agarrado à parede como uma craca, e a corda em minha cintura que me conecta a ele está completamente esticada. Recupero os sentidos e me agarro novamente às rochas para salvar minha vida.

— Coop, não nos assuste assim! — Daz me repreende.

— Desculpe, prometo que vou tomar mais cuidado.

— Acho bom mesmo. — Ela esboça um sorriso aliviado.

Depois disso, todos nós ficamos um pouco mais cautelosos durante nossa descida na escuridão.

A hora seguinte foi difícil, e o negrume lá embaixo parece não ter fim. Mas, finalmente, avistamos uma saliência onde podemos parar e descansar. Atrás de nós, na parede de rocha, há uma abertura, como uma caverna de pedras lisas que oferecem um bom lugar para sentar.

— É bom estar de pé em terra firme — afirmo, com as pernas cansadas e tremendo.

— Nem me diga — concorda Oggie, com o estômago roncando. — Agora, vamos comer! Estou morrendo de fome.

Todos nós desamarramos nossas cordas de Merf, desempacotamos alguns embrulhos, sentamos em silêncio e, satisfeitos, devoramos as delícias da senhora Pasperto. É quando notamos mais insetoides estranhos rastejando a nosso redor na boca da caverna.

— Uau, olhem só pra esses carinhas minúsculos! — De brincadeira, Daz deixa uma das criaturas rastejar pela luva em sua mão.

— Deixe-me adivinhar: você acha esse inseto nojento *uma gracinha* — comenta Oggie, sorrindo.

Daz franze a testa.

— Ele é bonitinho, sim.

— Hum, mas o que ele está fazendo? — Zeek parece preocupado.

> Parece uma mistura de larva com lagarta ou coisa assim!

A criatura na mão de Daz vibra loucamente, produzindo um estalido agudo enquanto sua traseira se arqueia como uma cauda de escorpião.

— Talvez seja algum tipo de aviso — Mindy supõe. — Provavelmente contra predadores.

— O bicho feio deve estar a fim de picar você — avisa Oggie.

Daz coloca cuidadosamente a criatura no chão junto com as outras.

— Não estamos aqui pra machucar ou incomodar, portanto, vou te deixar em paz.

Assim que Daz termina de dizer isso, Merf suga o inseto com sua tromba, fazendo um ronco crocante. Todos nós olhamos para o quob, chocados, mas ele apenas mastiga alegremente como uma vaca.

— Merf! — grita Daz.

Oggie dá de ombros.

— Ah, fazer o quê? É o ciclo da vida. O quob precisa se alimentar.

— Mas ele não precisava comer aquele ali. — Daz faz beicinho.

— Acho que perdi a fome. — E, então, ouço um barulho.

É tão baixinho que chego a achar que deve ser o estômago de Oggie roncando pelo resto de minha porção de bolotata. Mas logo o ruído fica mais alto.

Zeek se levanta.

— Vocês estão ouvindo isso?

— E sentindo? — Mindy acrescenta.

Todos os insetos a nosso redor se espalham para todos os lados, escondendo-se nas rachaduras das rochas e, antes que eu possa entender o que está acontecendo, um jato de ar quente e úmido sai da caverna.

Mas que diabos?! Parece uma versão gigante daqueles insetinhos! E muito mais assustador. Essa coisa é a mãe deles ou o quê?

A força do hálito azedo do monstro quase me derruba, mas consigo me segurar. Zeek, no entanto, não tem a mesma sorte! Ele tropeça para trás, com suas pernas magrelas. Tento correr até ele, mas estou do outro lado da saliência da rocha! Nunca chegarei a tempo.

— Caramba! — Zeek suspira ao ser puxado para um lugar seguro.

Ou *mais ou menos* seguro, devo dizer. As coisas não estão exatamente como um piquenique na rocha, também. O monstro larva-lagarta estala suas mandíbulas contra Mindy, que escapa por pouco de seus dentes pontiagudos. Em seguida, ele se levanta e ergue a cauda como um escorpião. Talvez eu devesse chamar esse monstro de lagarta-escorpião. De qualquer forma, estou prestes a desembainhar o Esplendor de Cristal e atacar, quando Daz tira algo da bolsa.

Soltando um grunhido, ela lança uma bola de vidro contra o monstro, e tudo fica branco e ofuscante por um momento. Quando consigo enxergar novamente, olho para cima e descubro que a criatura está completamente atordoada, com a cabeça balançando para a frente e para trás.

Sem perda de tempo, descemos logo, deixando apenas migalhas de bolotata no penhasco. Assim que nos distanciamos o suficiente da caverna do monstro, descemos um pouco mais devagar para recuperar o fôlego e nos amarrarmos a Merf.

— Caramba, isso foi intenso... — Zeek olha para Oggie, que está logo acima dele na parede do penhasco. — Ei. Obrigado, cara. Por me salvar e tal.

Oggie não responde por um momento. Posso ouvir sua respiração profunda e um suspiro.

— Não foi nada — ele diz, por fim.

Daz me cutuca e sussurra:

— Estamos evoluindo?

— Talvez — eu respondo, baixinho.

Pode ser que Oggie esteja começando a ser mais amigável com Zeek. Mas não posso culpá-lo por estar tão desconfiado. Oggie é o cara mais leal que conheço, e perdoar pode ser difícil. Porém, sempre que meus irmãos e eu brigamos, minha mãe diz: "Perdoar é difícil, mas não perdoar é ainda mais. Deixem o rancor para os fantasmas e para os guarda-rios!" Não tenho certeza do que essa última parte significa, mas sei de uma coisa: se você fica guardando rancor e nutrindo sentimentos ruins, isso faz com que você se sinta ainda pior. Portanto, uma pequena evolução é melhor do que nada!

Finalmente, chegamos ao fundo da fenda depois do que parece ter sido outra eternidade. Todos nós levamos um tempo para nos desamarrarmos de Merf e esticar as pernas. Segurando Gladis na mão, Mindy ilumina em volta. O local tem pilares e arcos, que parecem ter sido esculpidos na rocha negra do abismo por alguém. Avançamos lentamente.

De repente, uma voz estrondosa se manifesta:
— PARA TRÁS! Saiam daqui!
Todos nós nos viramos, tentando encontrar a pessoa que está falando, mas ninguém se revela.

— Gus Lúgubre, é o senhor? — pergunto à escuridão, avançando um pouco. — Somos viajantes e viemos de muito longe e... Bem, estamos procurando por uma pessoa. Será que...

— Para trás, eu disse! — o mesmo alguém torna a gritar. — Vocês não são bem-vindos aqui.

— Mas, senhor Gus. — Dou um passo em direção ao som da voz. — Só queremos fazer algumas perguntas.

— NÃO SE APROXIME MAIS UM MILÍMETRO SEQUER! — ele avisa.

E então vejo um brilho reluzente muito, muito perto de meu nariz.

— Somente aqueles que têm um coração VERDADEIRO podem atravessar a barreira de meu domínio. Aqueles que têm maldade e perversidade no coração serão DESTRUÍDOS!

GLUP. Olho para baixo e vejo ossos! Vários esqueletos secos e velhos espalhados pelo chão. Será que isso é algum tipo de campo de força mortal? Eu me afasto lentamente.

— Será que eram pessoas do mal? — Oggie sussurra, apontando para os ossos.

— Faz sentido — responde Mindy, apavorada.

— Tá, mas nós não somos do mal, né? — digo aos outros.

— Claro que não. — Daz ergue os ombros. — Nós somos do bem!

— Sim — digo com hesitação. — Nós somos do bem.

Fecho os olhos e engulo em seco. Meu coração é verdadeiro, eu acho. Estamos aqui para deter Rake e salvar a Terra de Eem. Como nossas intenções poderiam ser más?

Avanço, e meu coração dispara ao passar pelo portal mágico. Mas, fora um leve formigamento que sinto, tá tudo em ordem! Sorrio e aceno para meus amigos do outro lado.

— Deu certo! Pensem em coisas boas!

Um a um, os outros passam. Apesar de não termos nada com que nos preocupar, não podemos deixar de rir e dar tapinhas nas costas uns dos outros quando cada um passa pela barreira. Merf passa ileso, e é então que percebo que Zeek ainda está do outro lado.

— Zeek? — Eu o encaro. — Você vem?

Mas ele prmanece apenas olhando fixo para a frente.

— Não sei se vou conseguir — ele diz, por fim. — Não sei se sou bom o suficiente.

— Claro que você é! — afirmo para encorajá-lo.

Zeek balança a cabeça como uma criança assustada.

— Vamos, Zeek! — Daz o incentiva.

Zeek balança a cabeça de novo, desta vez se afastando um pouco do campo de força.

> Mas e se eu for?
>
> E se eu for uma pessoa má? Tipo, em meu coração.

— Não — ele murmura. — E se eu for do mal? Eu vou morrer!

— Você não é do mal — insisto.

Todos os membros do Time Verde se olham. Oggie revira os olhos.

— Talvez ele esteja certo — comenta ele, com desdém.

— Oggie! — eu repreendo. — Poxa… isso é sério. — Então, viro-me para Zeek. — Olha, cara… tá, talvez você seja um pouco rude. Mas eu também sou! Todo o mundo é um pouco. Ninguém é perfeito. No entanto, você é gente boa. Você tem um coração verdadeiro. Eu sei disso!

Zeek dá um passo à frente, mas para ao ver os esqueletos espalhados pelo chão.

Então, Oggie me surpreende.

Encorajado pelas palavras de incentivo de Oggie, Zeek respira fundo e atravessa a barreira.

— Consegui! — Ele suspira ao chegar até nós. — Eu consegui mesmo!

Todos nós damos tapinhas em suas costas, exceto Oggie, que permanece de braços cruzados, acenando com a cabeça. Mas a comemoração é rapidamente interrompida.

— MUITO BEM… — diz a voz estrondosa, que ainda não conseguimos ver de onde vem. — AGORA VOCÊS PODEM ENTRAR EM MEU DOMÍNIO.

CAPÍTULO 16

Andamos com passos leves pelos corredores da estrutura, vendo nossos rostos preocupados refletidos nas superfícies espelhadas do raro vidro vulcânico. O chão é liso e escorregadio, e as paredes parecem ter sido esculpidas pelo mais habilidoso dos trolls artesãos. Não consigo entender como alguém é capaz de viver aqui embaixo. É tão escuro e frio... Apesar de nossa cautela, cada um de nossos passos cria uma onda de ecos pelos corredores negros, até que avistamos o brilho de uma luz quente no final de um corredor estreito.

Para minha surpresa, há um cômodo pequeno e aconchegante iluminado por uma lareira que exala um aroma de alho e especiarias. Há raízes secas e ramos de ervas pendurados no teto, e tapetes felpudos cobrem a maior parte do piso.

Com certeza tem alguém morando aqui.

Passamos pela porta e deparamos com um ser pequeno com jeito de sábio, encolhido sobre um caldeirão borbulhante. Acho que ele não se dá conta de nossa presença, então arrisco fazer contato.

— Com licença — digo humildemente. — Olá, desculpe incomodar. Mas por acaso vem do senhor a voz que acabamos de ouvir? Seu nome é Gus Lúgubre?

A criatura curvada olha para cima e enruga ainda mais seu rosto já enrugado.

> Ah, perdoem-me pela dureza. Nunca se sabe quais são as intenções dos estranhos que chegam a nossa porta, por assim dizer.

— Gus Lúgubre — repete a criatura. — Sim, os habitantes destas terras costumam me chamar assim. Um apelido infeliz. Pois eu não me chamo Gus, nem tenho nada de lúgubre em mim. — Ele olha bem em meus olhos, e não posso deixar de notar um brilho estranho. — Eu me chamo Bim.

— Não queríamos invadir, senhor Bim. — E vou entrando com cuidado em sua casa. — Mas estamos desesperados e com pressa. Procuramos um amigo chamado Shane Shandar, que pode estar ferido.

— É mesmo? — responde Bim, quase surpreso. — Que bom. Ele está bem ali.

Bim ergue um dedo enrugado e aponta. E, para nossa alegria, vemos Shane Shandar deitado em uma cama, descansando.

— Ele está ferido, sim. Mas vai se recuperar com o tempo.

Levamos um minuto para nos recompor, enquanto Bim mexe o líquido fervente do caldeirão com uma colher comprida.

— Senhor Bim! — eu digo. — Não sabemos como agradecer! Veja, senhor, Shane Shandar veio ao Abismo para... bem... basicamente, para impedir que algumas pessoas más encontrassem um artefato perigoso...

Antes de eu continuar me atrapalhando com o resto da história, Bim gentilmente descansa sua colher e dá a volta no caldeirão, vindo em nossa direção.

— Sim, eu sei. Eles querem juntar os fragmentos da Pedra dos Desejos. — Bim suspira, com um semblante triste. — Shane me contou os detalhes da busca. Ele me contou tudo sobre os perversos... Como eles se chamam? — Ele faz uma expressão pensativa antes de seus olhos escuros se iluminarem. — Ah, sim! Os exilados. Lazlar Rake e seu séquito de seguidores desiludidos. Eu sei muitas coisas sobre as intenções deles. E já vi muitas coisas em meu tempo.

Bim balança a cabeça, olhando para o chão, como se estivesse se lembrando de algo que não gostaria de compartilhar em voz alta. Ao tornar a olhar para cima, seus olhos escuros brilham com a luz, e não consigo evitar de me deixar tomar por aquela luz. Aquilo me lembra de quando eu observava as estrelas em casa, e como, nas noites claras, as estrelas brilhavam fraquinho antes de desaparecerem sob as nuvens fofas. Fico perdido em meus pensamentos, mas então ouço a voz de Mindy:

— Desculpe-me, não quero ser grosseira, mas quem é você e por que veio parar neste lugar? — Ela faz um gesto apontando para as paredes pretas, altas e lisas.

— Ah... — responde Bim, um pouco mais animado. — Vou revelar a história.

Antes de começar, ele se aproxima lentamente de uma grande cortina azul felpuda e a puxa para trás, revelando uma bela escultura de madeira formando um relevo na parede.

> Os duagos são um povo antigo que vive na Terra de Eem há muito tempo.
>
> Antes da época dos aventureiros, quando as Serpentes de Sarpath recuaram para seus locais secretos e os reinos fragmentados foram engolidos pelas areias do tempo...
>
> Os estrelícios caíram na Terra de Eem como em um sonho e deram aos duagos um grande poder. O poder de liderar uma era maravilhosa.
>
> Uma era de magia.

— Uma era de magia? Peraí — Mindy responde, surpresa. — Quer dizer que O SENHOR é um duago? Uma das primeiras criaturas a ganhar magia?

Bim concorda com a cabeça.

— Mas os duagos são antigos! Quer dizer, eles não existem mais! — Mindy solta um suspiro, com sua cabeça funcionando mais rápido do que sua capacidade de falar. — Não, não! Bom, era o que nós achávamos. Que incrível!

— Garanto a vocês — diz Bim, abrindo um leve sorriso pela primeira vez —, eu existo.

Isso é fantástico. Os duagos foram uns dos primeiros habitantes de Eem. O diretor Munchowzen nos contou tudo sobre eles! Estamos falando de milhares de anos atrás, e ainda assim, aqui está Bim.

— Se os duagos são antigos, então quantos anos o senhor tem? — Oggie indaga casualmente.

— Oggie! — Daz o repreende. — Isso é falta de educação!

Bim sorri de novo.

— Eu sou... — Ele faz uma pausa de vários segundos. — Bem velho.

— Por favor, senhor — peço, educadamente. — O que pode nos dizer sobre a Pedra dos Desejos?

Bim vira a cabeça, olhando para a luz da lareira. Shane Shandar continua dormindo. Aproximando-se novamente do caldeirão, Bim pega a colher e mexe.

— Ah... — ele suspira. — Antigamente, eu era um artesão. Um criador de coisas maravilhosas. Mas a coisa mais maravilhosa de todas foi a Pedra dos Desejos. Minha maior e mais generosa criação.

— O senhor CRIOU a Pedra dos Desejos?

— Sim. Eu e alguns outros.

— Mas foi um erro. Nosso sonho era compartilhar a magia com toda a Terra de Eem. Um sonho justo e nobre.

— Mas, na verdade, tornou-se um pesadelo.

— Porque, em vez de criar maravilhas, como eu sempre quis, a pedra não trouxe nada além de caos e conflitos. Os ávidos por poder cobiçaram a pedra. Desejavam-na como um prêmio supremo. Em pouco tempo, Eem mergulhou no que veio a ser conhecido como a grande Guerra dos Magos, e quase se desfez.

As palavras ficam pesadas na sala. Todos nós conhecemos o perigo da Pedra dos Desejos, com certeza. Conceder desejos às pessoas erradas, com as intenções erradas, seria uma catástrofe.

Bim se inclina, com os ombros caídos para a frente em sinal de derrota.

— Eu fui um tolo — diz ele, com tristeza. — Foi decidido que a pedra deveria ser quebrada e jogada nos confins do Abismo. E, assim, tomado por dor e tristeza, eu também me exilei no Abismo. Como um castigo, sim. Mas também para não testemunhar cruéis feiticeiros e bruxas gananciosas travando guerras para conseguir os fragmentos.

— Audrástica, a Impiedosa! — Daz exclama. — Rake pegou um dos fragmentos da tumba dela.

— Sim. Audrástica, a Impiedosa. E Vago, o Tirano. Uma dupla de terríveis magos com fome de guerra, que conseguiram capturar um dos fragmentos. Mas o terceiro fragmento... foi perdido e ninguém jamais o encontrou. Nem mesmo eu.

— Não até agora — digo, sério. — Rake tem dois fragmentos e está quase encontrando o terceiro, bem aqui no Abismo!

Os olhos cansados de Bim brilham como a luz das estrelas.

— Ah... — Ele suspira. — Então os fragmentos de Vago e Audrástica foram recuperados. É uma pena. Se alguém reunir todos os fragmentos, essa pessoa ganhará um poder tremendo. Pois nenhum tesouro, nenhuma opulência, nem mesmo um sonho seria impossível de conseguir no mesmo instante.

Estremeço ao pensar nisso, pois não sei ao certo se consigo compreender as consequências de ter tanto poder. Compartilho um olhar preocupado com meus amigos e vejo Zeek balançando a cabeça, sabendo bem o que os exilados fariam com essa magia. Durante nosso silêncio atônito, ouvimos um gemido baixinho vindo do outro lado da sala.

Ei, Bim, você não me falou que estava esperando visitas.

GRUNT

Ele acordou!

— Estou vendo aventureiros? — Shane cerra os olhos contra a luz fraca da lareira. Ele tem curativos enrolados na cabeça, nas costelas e no tornozelo, e está coberto de cortes e hematomas. — Da escola?

— Uau! — Arregalo os olhos, com a voz tremendo, mas ainda assim as palavras saem de minha boca como um trem-púlver: — É um prazer conhecê-lo, senhor Shandar. Sou um grande fã de suas histórias na *Revista do Aventureiro*. Muito fã mesmo! Todos nós somos!

Todos acenam com a cabeça, concordando.

— Na verdade, nós lemos todas as revistas assim que são publicadas. Sem pular nenhuma página! Até as notas do editor e a seção de agradecimentos. Não é verdade, Oggie?

Oggie não responde. Ele apenas fica ali parado, atônito.

— Não é, Oggie? — Aceno com a mão na frente do rosto do meu amigo, mas ele está praticamente imóvel.

— Hum... — gagueja Oggie, incapaz de pronunciar qualquer palavra enquanto olha fixamente, impressionado.

— É sem dúvida uma honra, senhor! — Mindy voa para apertar a mão de Shandar vigorosamente.

— Como está se sentindo, senhor? — pergunta Daz, preocupada. — Podemos trazer alguma coisa para ajudá-lo?

— Que tal me dizerem seus nomes? — Shane responde, sorrindo. — Já que vocês parecem saber o meu!

— Claro, desculpe! Eu sou Coop Cooperson!

— Eu sou Dazmina Dyn, senhor Shandar! — Daz se apresenta, usando seu nome completo pela primeira vez desde que me lembro.

— Mindisnarglfarfen Darkenheimer! — Mindy também diz seu nome completo e depois se levanta para apertar a mão de Shane novamente. — Por motivos óbvios, todos me chamam de Mindy.

Zeek dá um passo à frente e acena de forma um pouco desajeitada.

— Zeek Ghoulihan, senhor. Muito legal conhecê-lo.

> Ei! Acorda, Oggie!
> É sua chance...
> Diga alguma coisa!

TCHUNC

> Éééé...

— E você, grandalhão? — Shane pisca de maneira simpática para Oggie.

— O nome dele é Oggie. Quer dizer, Oggram Twinkelbark — eu respondo por ele.

Shane Shandar sorri calorosamente, esfregando a nuca.

— Parece que uma lagruta comeu a língua de seu amigo, hein? Não fiquem com vergonha! Tem sido uma missão difícil para todos nós, imagino. O que me leva à pergunta: Como vocês me encontraram?

— Bom, é uma longa história. — Balanço a cabeça. — Mas, resumindo, quando descobrimos que o senhor estava desaparecido e que os exilados estavam envolvidos, decidimos te procurar.

— Droga! Eu disse a eles para não virem atrás de mim! — O rosto envelhecido de Shane enruga de preocupação. — Geddy está bem? E os outros?

— Eles estão bem — Daz afirma. — Pelo menos, achamos que sim. O diretor ficou muito machucado, mas nós os deixamos

> E a gente meio que recrutou o veículo de perfuração de nosso professor.

> E nós seguimos um velho mapa da Poços e Fossos Subterrâneos.

> É mesmo?

> Não demorou muito para encontrarmos o diretor Munchowzen e os outros professores que te procuravam.

> Eles foram atacados pelos exilados... e Munchowzen ficou bem machucado.

no alto do precipício com nossa amiga Ingrid. Ela é uma curandeira nata. Com sorte, eles já devem ter conseguido voltar em segurança para a Escola de Aventureiros.

— Ora, isso é uma boa notícia. — Shane chacoalha a cabeça, incrédulo. — Toda essa empreitada tem sido difícil desde o início.

— O que aconteceu exatamente? — pergunto, ansioso para saber como Shane Shandar ficou assim.

Shane assume uma atitude severa.

— Foi uma coisa brutal! — ele resmunga. — Perdi contato com Geddy e a equipe da escola há algumas semanas. Então, fui me aventurar em lugares em que nenhum aventureiro jamais esteve. Aliás, vocês sabiam que os cragnarks não estão extintos?

— Na verdade, nós já sabíamos! — Mindy responde com uma pontinha de orgulho. — Encontramos um no caminho para cá!

Shane Shandar dá uma risadinha.

— Vocês são mesmo aventureiros! — ele responde, animado. — Enfim, alcancei Rake e comecei a correr em busca de pistas para localizar o último fragmento, antes que ele conseguisse. Mas logo descobri que eu estava em desvantagem.

Ouvíamos atentos cada palavra.

— Rake e o maníaco doutor Grin — continua Shane. — Eles têm uma espécie de máquina. Uma máquina especial que construíram, projetada especificamente para juntar os fragmentos da Pedra dos Desejos… e reconstituí-la.

Bim suspira.

— Vocês e suas máquinas... — ele murmura, como se todos da Terra de Eem fossem farinha do mesmo saco. — Máquinas são medonhas — acrescenta, em um tom que é uma mistura de espanto e desaprovação.

— Sem dúvida, essa máquina de que estamos falando é terrível! — Shane concorda. — Contudo, eu soube que ela não serve apenas para remontar a pedra. Ela pode detectar se o último fragmento está próximo!

— Como um rastreador? — Daz faz carinho na cabeça de Merf.

— Exatamente. — O rosto de Shane se contorce numa careta. — Como Rake já tem os outros dois fragmentos, a máquina está de alguma forma sintonizada com eles e pode localizar o último, se estiver por perto. É só uma questão de tempo até eles encontrarem!

Shane tosse de repente com a mão fechada em frente à boca e cai de costas na cama, gemendo.

Bim se aproxima e para ao lado de Shane, mexendo um líquido verde bem quente em uma pequena xícara de pedra.

— Descanse — ele ordena, colocando a xícara de pedra na boca de Shane. — Isto vai te ajudar a sarar mais rápido.

— Se não fosse por meu novo amigo aqui... — Shane suspira depois de tomar um gole. — ... eu teria morrido quando os exilados lançaram a armadilha.

— O que podemos fazer para ajudar? — pergunto, e percebo que os outros estão pensando a mesma coisa.

A estranheza do momento não me passa despercebida. Pensa só: eu, aqui, com meus melhores amigos, perguntando a Shane Shandar como podemos ajudá-lo a salvar o mundo. Ninguém em casa vai acreditar nisso! Nem sei se eu acredito. Não sei se fico animado ou tenho um chilique! Para ser sincero... estou inclinado a ter um chilique.

— Temos o mundo em nossas costas agora, crianças — Shane olha pra gente, muito sério. — Tudo o que posso dizer é que o relógio está correndo. E se não detivermos Lazlar Rake e seus exilados, a Terra de Eem estará correndo um perigo terrível.

A gravidade da situação me atinge em cheio. Quer dizer, se Shane Shandar não conseguiu detê-los, como *nós* vamos conseguir? Como se lesse meus pensamentos acelerados, Shane se senta e coloca sua mão grande e larga em meu ombro.

— Não se desespere, rapaz! — diz ele, com aquele brilho heroico no olhar característico de Shane Shandar. — Sempre há alguma confusão acontecendo no mundo. A natureza é assim. E, às vezes, a natureza leva um tempo para ajustar os ponteiros. — Ele pega o chapéu pendurado em um nó na madeira da cama e o coloca na cabeça. — Hoje, somos nós que vamos ajustar esses ponteiros, Coop. — Em seguida, estica os braços. — Além disso, essa mistureba que Bim preparou é mesmo de levantar defunto, e estou me sentindo muito melhor! Claro que não fiquei cem por cento ainda, mas é como dizem: A sorte sorri para os fortes, né?

— Ele disse! — Oggie finalmente resolve abrir a boca se manifestar. — Ele disse aquele negócio do Código do Aventureiro! O número dez! Ele disse o número dez!

— Agora, vamos! — Shane Shandar ordena, com valentia. — Não podemos perder tempo. — Ele calça suas luvas e botas de cano alto, e então se levanta. Mas, de repente, tropeça para trás e cai na cama de novo, nitidamente com dor. — Ei, você aí, grandalhão. Oggie, certo? — Shane acena para ele. — Que tal dar uma mãozinha para um companheiro aventureiro se levantar?

— T-tá bom — gagueja Oggie. — Claro!

CAPÍTULO 17

Mesmo sem conseguir ficar em pé sozinho, Shane Shandar insiste que devemos partir imediatamente.

— Vamos dar no pé, Aventureiros Mirins! Até onde sabemos, Rake e os exilados podem estar com o último fragmento em suas mãos imundas agora — ele grunhe, acomodando-se no trenó improvisado que prendemos Merf, o quob.

— Mas o senhor ainda está muito machucado — protesta Daz. — Acho que deveríamos esperar.

— Não posso me dar ao luxo de ficar machucado, senhorita. — Shane abre um sorriso de dor. — E não podemos nos dar ao luxo de esperar. — Ele se vira para Bim, o duago. — Obrigado por tudo o que você fez, meu amigo, mas temos que seguir nosso rumo.

Bim acena com a cabeça, compreensivo.

— Estamos todos prontos, então? — pergunto a Shane Shandar.

Para ser sincero, ainda não consigo acreditar que estamos falando com o aventureiro mais famoso do mundo! Ainda não parece real. Sabe, é que Shane Shandar sempre foi uma espécie de herói mítico em minha cabeça, que eu até SABIA que era real, mas que nunca imaginei que realmente conheceria. Mas agora, aqui está ele em carne e osso! E sei que meus amigos sentem exatamente a mesma coisa. De vez em quando, flagro Oggie, Mindy, Daz e até Zeek olhando para Shandar com olhos arregalados de admiração, completamente boquiabertos.

> — Ei, Oggie! Se liga! Você tá fazendo aquilo de novo!

> Heim?

> Ah! Hehe. Foi mal.

> Eu sei!!!

> Mas é que Shane Shandar tá aqui!

— Há uma passagem secreta para sair de meu domínio — informa Bim, acompanhando-nos pelos corredores sinuosos de sua fortaleza no precipício. — Ela os levará para longe da fenda. Para o Bréu, como os locais o chamam. E de lá vocês vão descer mais fundo até o Abismo.

— Mais uma vez, obrigado, Bim — agradece Shandar com a mão estendida. — Fico devendo uma.

Mas Bim não aperta a mão de Shandar. Ele apenas acena com a cabeça mais uma vez. Parece muito perdido em pensamentos, e um estranho brilho em seus olhos cintila como uma estrela distante. Ele então se vira para mim e fala em um tom assustador:

— As marés do destino estão prestes a subir. Haverá uma grande mudança.

> E prevejo que você terá um papel essencial no conflito que decidirá o destino de Eem.

> Eu?

O destino de Eem? Engulo em seco e olho para trás, para Shane Shandar, que arqueia as sobrancelhas, surpreso, como se dissesse: "Então tá, né? Bom saber."

Oggie faz um gesto para me dar um toca aqui, mas ainda estou um pouco atordoado. Assim, ele segura meu braço mole e dá um tapa na minha mão.

— Isso não é maneiro, Coop? Marés do destino e coisa e tal!

Compartilho um olhar preocupado com Daz, mas, antes que eu possa comentar sobre o assunto, Bim nos leva para a passagem secreta.

— Vão — ele implora. — Apressem-se.

E assim nós nos despedimos, atravessando o túnel escuro e secreto da fortaleza de Bim. O túnel cintilante do precipício acaba se transformando em uma paisagem de rocha roxa escura porosa, repleta de estalagmites maciças tão altas quanto colinas. O início de nossa jornada é quase silencioso, até que Oggie começa a fazer perguntas. Tipo, MUITAS perguntas.

— E senhor mergulhou mesmo na Grande Montanha Subterrânea, chegou ao fundo em tempo recorde de três dias, sete horas e trinta e seis minutos?

Shane acena com a cabeça.

— Também é verdade!

— Ah, outra coisa! — Oggie suspira. — O senhor se lembra daquela vez em que explorou as Ruínas de Riloque e encontrou a joia perdida do Peixe Verde?

— Lembro, sim — declara Shandar. — Mas um conselho: se algum dia você for às Ruínas de Riloque, leve repelente de insetos. Picada de mosquito-pedra é dolorosa pra caramba!

— Legal — diz Oggie, admirado.

— Ah, e aquela vez em que o senhor encontrou o terrível Hidreel de Goráxia? — pergunto, tomado pela empolgação. — O senhor realmente fez um nó com as seis cabeças dele e escapou do vulcão subterrâneo surfando em uma onda de lava no caixão de pedra de Zeegor, o Magnífico?

— Isso mesmo. — Shane faz um aceno de indiferença. — Também não foi fácil. Quase desmaiei com a fumaça.

— Que incrível... — Oggie suspira.

E assim continuamos por horas caminhando pela escuridão, e eu curto cada minuto. Felizmente, Shane (sim, agora eu e os demais o chamamos pelo primeiro nome, por insistência dele) leva na brincadeira e não parece se importar. Enquanto isso, Merf puxa o trenó com obediência. Mas, às vezes, o terreno é tão acidentado que Shane tem de descer do trenó e se pendurar em Oggie.

— Chega de falar de mim. — Shane manca em uma encosta rochosa com a ajuda de Oggie. — Um grupo de garotos como vocês deve ter um monte de histórias para contar. Afinal, vocês chegaram até o Abismo e conseguiram me encontrar. Não é pouca coisa! Suponho que todos vocês devam ser alunos nota dez. Os melhores da turma!

— Mindy é — diz Zeek, sério. — Mas todo mundo sabe que ela é um gênio.

— Nós outros... — reflete Oggie. — Não diria que somos gênios. A escola é difícil!

— Oggie é o gênio das charadas — admite Mindy, e afirma com naturalidade: — Eu só estudo mais do que todos!

Daz passa a mão no queixo, pensativa.

— Nós já nos envolvemos em algumas aventuras sinistras, essa é a verdade! A Floresta dos Fungos, o Labirinto de Cogumelos, o Castelo X, o Santuário Cintilante, a tumba de Audrástica...

Uau! Quando Daz lista tudo assim, até eu fico impressionado!

— E vocês são apenas Aventureiros Mirins! — exclama Shane. — Puxa vida! Quando eu era Aventureiro Mirim, mal sabia colocar um pé na frente do outro!

— Você está sendo modesto — digo. — O diretor Munchowzen disse que você foi o único aluno na história da escola a passar pelo labirinto introdutório na disciplina Ética da Aventura.

— Ah, esse teste é das antigas! Geddy continua usando os clássicos, pelo visto. — Um sorriso melancólico faz com que o bigode preto de Shane se erga como uma montanha.

— Então é verdade — indago. — Você passou. Mas como sabia o que fazer?

— Eu passei, sim. Mas foi por pouco. — Shane se senta novamente no trenó quando pegamos uma longa descida que passa por uma ladeira de cascalho. — Lembro que todos os meus colegas de classe tentaram saltar sobre o precipício ou escalar as paredes, mas fracassavam e caíam na água lá embaixo. Até os alunos que eram melhores do que eu na época, ou mais habilidosos, pelo menos. Até mesmo meus colegas de time. Sabe, eles não me ouviram quando, de repente, tive a sensação de que nenhum de nós estava entendendo o objetivo do exercício. Não estávamos entendendo qual era, de fato, o objetivo das aventuras!

Ele para, olha nos olhos de cada um de nós e prossegue:

— Então, refiz meus passos pelo labirinto sozinho e voltei para a parede de glifos. Eu quis parar para examiná-los antes, mas ninguém confiou em meu instinto. — Shane ergue o dedo indicador. — Sempre confiem em seus instintos. Enfim, foi quando analisei os glifos e interpretei a trágica história do rei níade e da coroa amaldiçoada que eu soube que queria me tornar um aventureiro. Naquele momento, entendi que se aventurar não tinha a ver com encontrar tesouros ou buscar a fama. Aventurar-se tem a ver com ir atrás de conhecimento e descobertas, e entender melhor o mundo. E talvez com um pouco de diversão, para animar as coisas.

Shane Shandar coça os bigodes eriçados.

— Olha, nossa missão neste momento não é muito diferente do teste de ética de Munchowzen.

— Sério? — pergunto, confuso. — Como assim?

— Bom, pense assim: conseguir a Pedra dos Desejos não é nosso objetivo. Esse é o objetivo de Lazlar Rake e dos exilados! Nossa busca é um pouco mais complicada.

— Seria... deter Rake? — Zeek sugere.

— Bem, sim. Mas, infelizmente, não há uma solução fácil para lidar com a Pedra dos Desejos. Será preciso pensar fora da caixa! — O espesso bigode preto de Shane se contrai. — Algo tão poderoso quanto a Pedra dos Desejos atrairá a atenção dos piores monstros, como Rake, que só pensam em si. Mas a pedra pode até corromper a mente de pessoas com as melhores das intenções. Pessoas como vocês e eu, que acreditam que estão fazendo a coisa certa, que querem apenas mudar o mundo para melhor. Mas, vejam, é só um desejo tolo. Enquanto a Pedra dos Desejos existir, o destino do mundo estará em perigo. Ninguém pode controlá-la. Esse é o dilema que enfrentamos.

Todos ficam em silêncio depois que Shane termina de falar. Sentimos o peso de suas palavras em nossas mentes e em nossos corações. Eu me lembro do que Bim me disse antes de partirmos. Que eu, Coop Cooperson, um cara de Beira-Rio, teria um papel fundamental no conflito que salvaria Eem. Não sei sequer como entender esse raciocínio! Poxa, o que eu vou fazer? Como iremos nos livrar da Pedra dos Desejos? E se Rake concretizar mesmo seus desejos terríveis? Ou se eu tiver a chance de fazer um desejo? Será que eu conseguiria desejar algo realmente bom? Caramba, eu não sei!

— Esperem... shhhhh! Estão ouvindo isso? — Shane sussurra, erguendo a cabeça para apurar a audição. — Parecem passos...

Olho para a escuridão ao redor, mas não vejo e não ouço nada. Nem meus companheiros conseguem.

Continuamos nossa caminhada, iluminados por Gladis, a minhoca luminosa, em um mar de escuridão sem fim. Ainda não sabemos direito para onde estamos indo, mas com Shane Shandar à frente, conseguimos evitar encontros desnecessários com as terríveis feras e pequenos vermes do Abismo. Então, isso é um ponto positivo!

De repente, ouvimos um guincho horrível. Um tipo de guincho com o qual todos nós estamos familiarizados.

— Nether bhargs! — anuncia Daz.

— Sim, eu ouvi! — comenta Oggie.

Shane aponta para a frente.

— Parece que está vindo daquela direção.

Dizemos a Gladis para diminuir a luz, e nos aproximamos furtivamente, até chegarmos à borda de uma rocha com vista para mais escuridão. Porém, lá longe, no escuro, enxergamos um lampejo de luz. Uma fogueira! Dois nether bhargs dormem profundamente, próximos à luz laranja ardente, enquanto dois caras, uma dupla de exilados, estão sentados em torno do fogo.

— É Tyce! — Daz sussurra, apontando para o exilado de armadura completa e elmo com chifres.

— E Kodar... — diz Oggie, em um tom ameaçador.

Que ótimo! Kodar, o coiotuivo! Antes conhecido como Kody, a besta-fera, se você se lembra. Depois que enganou toda a Escola de Aventureiros e transformou todo o mundo em pedra, ele definitivamente merece o prêmio de segundo pior exilado, atrás apenas de Dorian Ryder. E agora teremos que lidar com esse cara...

CAPÍTULO 18

— Então, o que vamos fazer? – sussurro para Shane, que está casualmente reclinado no trenó com a aba do chapéu sobre os olhos.

Ele puxa o chapéu para cima e nos encara, frio como uma pedra de gelo.

— Nós esperamos — afirma Shane, com toda a calma.

— Como assim, esperamos? — pergunto, confuso.

— Esperando, ora. — Ele dá de ombros. — Veremos o que eles fazem. Um bom aventureiro sabe quando é necessário ter paciência.

— Tudo bem — concordo, mas sem saber ao certo o que estamos esperando, ou se esperar é mesmo uma boa ideia.

Cada segundo conta, não é? Mas o que vou fazer, discutir com Shane Shandar? O cara é uma lenda! Sem chance. Então, vamos esperar. Por horas, pelo que parece, brincando com os dedos enquanto Kodar e Tyce conversam e se empanturram de guloseimas. Eles riem e gralham sem a menor preocupação, como se fossem as duas únicas pessoas no Abismo.

— Senhor Shandar? — eu cochicho, no escuro.

— Já falei pra vocês me chamarem de Shane, garoto. — Seus olhos estão escondidos sob a aba do chapéu, e suas mãos, cruzadas sobre o peito e vestindo luvas.

— Shane. — Sinto-me sem jeito, ainda pasmo por poder tratar Shane Shandar pelo primeiro nome. — Tenho uma pergunta.

— Naquela época, Lazlar Rake era uma lenda — explica Shane. — Ele e Geddy me ensinaram quase tudo o que sei sobre aventuras. Geddy era sábio e prático. Equilibrado. Mas Lazlar era ousado e aventureiro. E, para um garoto como eu, isso era empolgante. Como você pode imaginar, Lazlar e Geddy nem sempre se entendiam. Lazlar corria riscos. Grandes riscos.

> Você conheceu mesmo Rake quando estudou na escola?
>
> Se eu conheci Rake? Ele era um de meus heróis.
>
> Sério?

A expressão de Shane se torna melancólica ao prosseguir:

— Minha primeira expedição de aprendiz de aventureiro foi com ele. Entramos no Templo do Profundo Impenetrável, por baixo das ondas da Baía das Águas Cortantes. Minha nossa, foi uma aventura e tanto! Quase fui dilacerado por uma quimera marinha, mas conseguimos recuperar algumas antigas tábuas perdidas da época dos magos.

Shane balança a cabeça.

— Gostaria que não tivéssemos encontrado aquelas tábuas — diz ele, com pesar. — Elas falavam de um mago chamado Vago, o Tirano, que havia encontrado um dos três fragmentos perdidos, as peças quebradas de uma relíquia poderosa chamada Pedra dos Desejos. Mal sabia eu das consequências dessa descoberta fatídica.

A essa altura, todos nós ficam ouvindo a história junto comigo, encolhidos. Shane continua em um sussurro rouco:

— No início, Lazlar e Geddy trabalharam juntos para encontrar pistas que levariam aos fragmentos, mas Lazlar logo ficou obcecado. Para vasculhar todo o território da Terra de Eem, ele chegou ao ponto de enfrentar os perigos da ilha-fortaleza perdida de Vago, no extremo oeste da costa. Foi lá que ele encontrou o primeiro fragmento. Mas sua obsessão não parou por aí. E foi então que as coisas entre Geddy e Rake realmente mudaram. Lazlar passou anos procurando os outros dois fragmentos, abandonou as responsabilidades na Escola de Aventureiros, mas usando recursos da escola para ajudar em sua busca doentia. E, no final das contas, seus esforços valeram a pena. Rake ficou sabendo de uma outra maga. Audrástica, a Impiedosa, que, em sua ganância e paranoia, havia encontrado o segundo fragmento e trancando em seu próprio túmulo, protegido por feitiçaria e armadilhas mortais. No entanto, sua tumba era impenetrável. Somente com sua própria chave mágica alguém poderia ter a esperança de entrar.

— A Chave Rúnica — diz Mindy. — Só ela poderia desviar de todas as armadilhas e abrir a tumba impenetrável.

— Exatamente. — Shane dá uma piscadela. — É claro que todos vocês sabem disso. Afinal, estavam lá. — Ele então suspira profundamente e dá de ombros. — Mas, em vez de procurar a Chave Rúnica sozinho, Rake levou três alunos muito leais a ele. Contra as ordens explícitas do Geddy.

— O que exatamente aconteceu com eles? — Daz quer saber. — Nunca ouvimos a história toda.

Shane olha para nós demoradamente, parecendo avaliar se estamos prontos para lidar com a verdade.

— Vou poupá-los dos detalhes macabros — ele afirma, com um tom sombrio. — Mas Rake e seus companheiros viajaram até o outro lado do Santuário Cintilante para encontrar a Fortaleza de Audrástica, construída no centro de um vulcão adormecido, onde a Chave Rúnica estava escondida. Ninguém sabe exatamente o que deu errado. Ninguém além do próprio Rake. Mas ele foi atingido pela lava e sofreu mutilações terríveis, e os jovens aventureiros... sucumbiram.

Shane fica em silêncio, assim como todos nós. Então, de repente, ouvimos um assobio agudo.

— Kodar, atenda! Atenda, Kodar! — diz a voz familiar de Dorian Ryder.

Kodar se levanta, assustado. Ele remexe em sua mochila, tirando sacos de salgadinhos vazios e embalagens de barras de chocolate amassadas. Finalmente, pega um dispositivo de bronze equipado com o que parece ser um chifre de trombeta.

— Ah, é? — responde Kodar, interrompendo Dorian. — Importante como?

— Só me escute! — Dorian responde, e o dispositivo emite um chiado. — Estamos falando de algo gigante. Do tipo que vai finalmente realizar todos os nossos desejos. Portanto, venham já pra cá! Estou enviando as coordenadas agora!

O último fragmento! Eles devem ter localizado. Não temos muito tempo. Dou uma olhada para Shane, mas ele ergue a mão, gesticulando para que eu e os outros fiquemos em silêncio.

Ouvimos uma série de barulhinhos mecânicos, e Kodar se levanta. Segurando as rédeas de seu nether bharg, ele resmunga:

— Você ouviu, Tyce. Vamos embora! — Kodar monta na sela da besta e dá dois chutes rápidos na lateral de seu corpo peludo.

A criatura se contorce e grita, esticando as asas.

— Calma aí! — Tyce ajusta o capacete. — Ainda não terminei de comer.

— Pode comer, então — Kodar tira sarro. — Por mim, tudo bem. Significa que eu vou realizar meu desejo antes.

Com isso, Shane nos dá o sinal. Como um cugrapardo prestes a dar o bote, Daz não perde tempo e entra em ação. Ela salta em uma pilha de pedras e desliza por uma placa de pedra para diminuir a distância até Tyce. E ele está tão ocupado devorando o resto de uma coisa muito eca que nem ouve nossa chegada.

— Temos que nos apressar se quisermos ir atrás de Kodar! — digo, olhando para o local na escuridão de onde, momentos antes, Kodar levantou voo com o nether bharg.

— Mas e este cara aqui? — Oggie segura firme a corda em volta de Tyce.

— Não podemos levá-lo — Zeek afirma. — Ele vai nos entregar!

Tyce se debate, mas Oggie é muito mais forte.

— Vocês vão pagar por isso! — Tyce ameaça. — Rake irá arrancar suas cabeças!

— Alguém terá que ficar de olho nele — diz Mindy.

Merf puxa o trenó de Shane Shandar pra dentro do acampamento dos exilados, para na frente de Tyce e bufa, com ares de desafio.

— Vamos deixar Merf de olho nele. — Daz acaricia o nariz do quob. — Não poderemos levá-lo no nether bharg, mesmo. É isso aí, seja um bom garoto.

Tyce se abaixa devagar para sentar, espreitando com um olho para fora de seu capacete torto.

— É, fica de boa aí — ele diz ao Merf. — Bom garoto... beleza?

Merf rosna enquanto Daz desamarra as cordas de seu corpo peludo.

— Está decidido, então. — Shane Shandar respira fundo. — Vamos lá!

— Muito bem, subam todos! — Daz acaricia o queixo do nether bharg confuso, e nos chama para montar em suas costas.

Oggie ajuda Shane a subir, e todos nós nos acomodamos e nos seguramos firme.

O nether bharg bate suas asas grossas e voa rumo à escuridão tenebrosa. Nós nos agarramos a seu pescoço peludo, e a criatura vai ganhando velocidade, planando em uma enorme caverna em busca de Kodar.

— Vamos lá, garota! — Daz incentiva a nether bharg. — Só um pouco mais rápido! Siga o rastro de seu amigo!

A nether bharg desce em direção a uma caverna aberta que leva até uma parte ainda mais funda no Abismo. A criatura curva o corpo para trás, formando um arco, e solta um guincho. Nós despencamos a uma velocidade tremenda.

— Eu nunca vou me acostumar com isso! — exclama Oggie.

De repente, a fera abre as asas para pegar impulso nas correntes de ar subterrâneas. A elevação é abrupta, e subimos tanto e tão rápido que eu quase caio. Voamos para cima e para baixo em uma rede de cavernas, serpenteando por túneis intermináveis, tão fundo no Abismo que não consigo me orientar em meio à escuridão sem fim. Na verdade, não tenho a menor ideia de para onde estamos indo! Em vários momentos, a nether bharg guincha e fareja o vento, e em algum lugar na escuridão a nossa frente, o nether bharg de Kodar grita em resposta.

— Parece que Kodar está perto! — comenta Mindy, com suas longas orelhas espichadas. — Eles estão se comunicando.

Estou olhando à frente na escuridão quando, de repente, uma enorme estalactite surge diante de mim, e mal consigo me abaixar a tempo de evitar que minha cabeça seja arrancada.

— Cuidado! — eu grito, bem quando a nether bharg desliza para desviar de outra estalactite.

A mudança de direção repentina da criatura nos sacode para os lados, obrigando-nos a nos segurar com força. Em seguida, a nether bharg bate as asas com mais força, subindo e descendo rápido, desviando de pedras irregulares que parecem lanças. Em um determinado momento, enquanto voamos bem perto da parede, eu cruzo o olhar com algo parado nas rochas que está me olhando. Tomo um susto quando aqueles olhos amarelos piscam e uma criatura fina e comprida se lança sobre mim. Seu corpo em forma de míssil passa raspando por mim, e percebo que, na verdade, aquilo não são estalactites...

— Estalacnídeos! — Shane grita, referindo-se às criaturas nas rochas. — Serezinhos desagradáveis! E isso em um dia bom!

— Estamos, *literalmente*, entre a lança e o paredão! — Shane brinca, esquivando-se dos projéteis pedregosos. — Uhuuu! — ele grita quando a nether bharg se afasta em espiral dos estalacnídeos raivosos e sobe por uma imensidão escura.

— Acho que ele está realmente gostando disso tudo! — Mindy ri, nervosa. — Não lembra alguém?

— Ingrid! — respondemos juntos.

Por um segundo, penso em nossa amiga e torço para que ela e os professores estejam bem. Muita coisa aconteceu desde que os deixamos, mas só se passaram alguns dias! Então, uma onda repentina de ar podre paira sobre nós como uma nuvem tóxica, trazendo-me de volta à realidade. Os estalacnídeos guincham, aparentemente repelidos pelo cheiro horrível, e se enfiam nas paredes, desaparecendo de vista.

— Para onde eles foram? — pergunto a mim mesmo, tapando o nariz. — Não que eu vá sentir saudade.

— Devem estar tentando fugir do cheiro! — Daz ofega e esconde o rosto na dobra do cotovelo.

— Eu vou vomitar — Zeek resmunga.

— O que... é isso? — indago, sem ter certeza de que quero saber a resposta.

— Eu sei tanto quanto você! — Shane pigarreia.

— Vou dizer o que é! — Oggie se engasga e coloca a língua para fora. — É como um milhão de cocreijos desidratados boiando em diarreia!

E, logo em seguida, obtemos a resposta.

Abaixo de nós, uma forma titânica se ergue, tão grande que mal consegue ficar de pé no túnel da caverna. Seu rosto largo está obscurecido pelo vapor, exceto pelos dois olhos, tão brilhantes e grandes que iluminam toda a caverna como sóis em miniatura. É difícil dizer exatamente o que há por trás dos olhos brilhantes e do vapor, mas seja o que for, é enorme.

— Se não estou enganado, é um titã skárion, pessoal. — Shane se mostra maravilhado. — Até hoje, não passava de um conto de fadas. Olhem só o tamanho dessa coisa!

Os grandes olhos brilhantes da criatura piscam preguiçosamente quando passamos sobre sua cabeça.

— Uau! Titãs nas profundezas… — digo em voz alta, de novo para mim mesmo. — Meu pai estava certo!

TUUUM
TUUUM

De repente, a boca do monstrengo, parecida com a de uma baleia, inspira fundo, e seus enormes olhos se reviram para cima. Ele solta um arroto gigantesco, e somos lançados como um foguete, que usa as asas abertas do nether bharg como velas para tomar impulso naquele bafo medonho. Meus olhos ainda lacrimejam, mas, ao mirar lá longe, consigo distinguir a forma de outro nether bharg!

Avançamos, aproximando-nos de Kodar e sobrevoando o vazio escancarado de um fosso enorme. E há uma ponte longa e estreita de rocha que atravessa toda a sua extensão. Daz puxa a nether bharg e descemos em direção à ponte. Há um ar quente que sobe em nossa direção, emanado do próprio precipício. Parece que estamos em um forno!

— Vocês estão sentindo isso? — pergunta Shane, enquanto a quentura pinica minhas narinas. — É o calor da atividade vulcânica no núcleo de Eem! Este é o local mais profundo em que eu já estive!

Incrível! E pensar que a apenas alguns milhares de metros abaixo de nós, rios e lagos de lava borbulhante e ferro derretido se agitam como um oceano de fogo... O ar quente atravessa meu cabelo, e eu não posso deixar de olhar com espanto para o brilho tênue do calor vermelho pulsando lá embaixo.

Segundos depois, alcançamos Kodar, que sobrevoa a ponte em direção a uma imponente parede de pedra negra e escarpada.

— Que bom que você conseguiu me alcançar, velho! — Kodar fala sem virar a cabeça. — Terminou de comer sua gororoba?

Não creio! Ele ainda acha que somos Tyce!

— O que vamos dizer? — Daz sussurra.

— Como estão as coisas aí atrás? — Kodar continua virado para a frente e concentrado no voo. — Aguentando o calor? Hahaha!

Fico paralisado, sem saber como responder.

— Ahm... tudo bem aqui... Kodão! — Oggie responde, sem jeito.

— Kodão? Kodão não... — digo, estremecendo.

Daz e Mindy fazem uma careta, e Zeek leva a mão à testa.

Kodar solta uma gargalhada.

— Kodão? Você tá parecendo aquele paspalho da Escola de Aventureiros. Como era mesmo o nome dele? — Ele continua rindo.

— Era Oggie, seu idiota! — Oggie grita com raiva, mas imediatamente se arrepende.

— Oggie... — eu resmungo.

Kodar gira a cabeça como uma víbora para olhar para trás.

— Peraí! — ele berra. — Vocês SÃO os idiotas da Escola de Aventureiros!

— Ai, caraca! — murmura Oggie, ao ver Kodar e sua fera mergulhando em nossa direção para nos atacar!

Nós nos esquivamos do primeiro golpe do machado de Kodar e caímos em espiral na direção do chão. De repente, uma névoa de escuridão nos envolve. Kodar nos ameaça e dispara uma flecha, mas o projétil passa raspando sobre nossas cabeças e desaparece em uma nuvem escura. No momento seguinte, Kodar some.

— Que negócio é esse? — Zeek pergunta. — Neblina?

— Acho que não. — Mindy estende a mão para tocar a manta aveludada de sombra espessa. Seu dedo corta a névoa como uma faca.

— Estou tendo dificuldades para manter minha luz acesa. — Gladis balança a cauda e perde o brilho.

— Não se preocupe, Gladis. — Oggie segura a lanterna com força. — Estou aqui com você!

— Seja lá o que for isso, não é natural — Shane garante, muito sério.

— Não consigo ver para onde estou indo! — exclama Daz, e, de repente, a nuvem se desfaz por um momento e navegamos por ela como um alfinete perfurando a camada externa de uma bolha gigante.

Para meu espanto, a substância nebulosa parece se mover por conta própria, concentrada em um único ponto, que gira, gira e gira como um vórtice. A sombra forma uma onda que se estica e se encolhe em um ritmo que parece quase como uma respiração profunda.

Minha visão precisa de um momento para se ajustar, porque a luz parece que vai sendo engolida pelo redemoinho à medida que nos aproximamos dela.

E é aí que eu os vejo. Rake e os exilados estão chegando ao centro do vórtice, com seus casacos e capas chicoteando na escuridão turbulenta. As luzes de suas tochas estão quase apagadas, como se estivessem sendo engolidas.

Como se detectasse a energia horrível do lugar, a nether bharg guincha. Rake e os exilados olham para cima, completamente surpresos.

— Impossível! — Rake berra. — Shane Shandar está vivo?!

"Lá está Rake!"

"Mas o que é essa tempestade escura girando?"

"Magia maligna, eu acho. Deve ser aqui que o último fragmento está escondido."

CAPÍTULO 19

Em uma ventania furiosa, nossa nether bharg aterrissa às margens da estranha escuridão agitada. Quando saltamos da besta, os exilados imediatamente brandem suas armas e nos cercam, assim como o doutor Grin em seu traje de troglo mutante. Rake faz uma careta, segurando um cajado reluzente com cabeça de serpente. E aí, Kodar aterrissa atrás de nós em seu nether bharg, gritando de frustração:

— Mestre! Não sei o que aconteceu. Eles apareceram do nada!

— Como? — Rake esbraveja, perplexo. Em seguida, ele se volta para Dorian Ryder, carrancudo. — Você me garantiu que daria um jeito neles! Não posso contar com você para NADA?

Dorian range os dentes. Percebo seu olhar, e ele me encara com raiva.

Embora ainda machucado, Shane Shandar reúne forças e estufa o peito, assumindo uma postura heroica.

— Não vai conseguir me matar tão fácil, Lazlar — diz ele, confiante. — Pelo menos, você me ensinou a ser resistente.

A carranca de Rake desaparece e é substituída por um sorriso malicioso.

— É verdade. E é por causa dessa resiliência que estou prestes a vencer, Shandar! Você não sabe onde estamos? Além dessa barreira de sombras está o terceiro e último fragmento da Pedra dos Desejos.

— Barreira de sombras? — questiona Shane. — Lazlar, isso é magia maligna. Você precisa de um sinal ainda mais claro para deixar o fragmento em paz? Nós não pertencemos a este lugar!

— Idiota, não existe essa coisa de magia maligna — replica Rake. — A magia está em todo lugar! Nosso mundo precisa dela, assim como as plantações precisam da chuva. A magia faz o que queremos que ela faça. E eu escolho fazer coisas grandiosas! — Ele estende sua mão mecânica e sorri. — Agora, se você se render, talvez eu o poupe nos novos tempos que virão...

Shane balança a cabeça lentamente.

— Isso não pode trazer nada de bom, Lazlar. A Pedra dos Desejos só causará sofrimento. Não se trata de apenas um desejo. São milhares de efeitos dominó indesejados! Você sabe disso.

Shane dá um passo à frente, como se quisesse esconder seus ferimentos, e faz um gesto na direção de seu antigo mentor.

Um olhar de desdém e repulsa aparece acima da mandíbula de ferro dentada de Rake.

— Fazer a coisa certa? É exatamente isso que farei com a Pedra dos Desejos! — Ele ergue as mãos, e as pedras dos olhos de seu cajado de serpente brilham na luz fraca. — A Terra de Eem está em colapso, Shane — diz, com paixão. — O povo sofre, a maioria vive como camponeses sob o controle de corporações impiedosas, magnatas gananciosos e barões ladrões. Então me diga, como você ajudou as pessoas comuns? Onde você deixou sua marca?

Zombeteiro, Rake acena com seu cajado em nossa direção, com desdém.

— Além de suas historinhas, o que o grande Shane Shandar realmente realizou? É verdade, você tem fama e é adorado pelas crianças. Mas que marca você deixou neste mundo cansado? Que mudança real você causou?

Shane Shandar franze a testa. Ele parece estar prestes a retrucar, mas Rake esbraveja:

— Você vaga pela Subterra, explorando por explorar! Encontrando relíquias perdidas para os ricos e poderosos. Os mesmos magnatas que oprimem o povo comum. Tudo isso para alimentar seu ego nas páginas da *Revista do Aventureiro*, enquanto o resto de nós passa fome!

Todos nós ficamos observando enquanto os exilados gritam e aplaudem a nosso redor, deliciando-se com as palavras de Rake. Alguns deles riem e se cumprimentam.

— Eu vou desejar tudo — ouço um deles dizer. — Nunca mais vamos passar necessidade!

Será que eles são cegos? Será que não conseguem ver que Rake os enganou? Será que não conseguem ver que ele mesmo não passa de um barão ladrão com sede de poder?

— Vocês estão errados! — eu grito para os exilados, surpreendendo até a mim mesmo.

Todos param e olham para mim.

— Sobre a Pedra dos Desejos. Sobre Rake. Sobre tudo! Só restam dois desejos, e Rake os quer para si! Vocês não enxergam?

— Enxergar o quê? — Gunnar grita em resposta. — Você não sabe nada sobre nós!

— Na verdade, sabemos mais do que você imagina. — Mindy folheia seu caderno. — Gunnar, eu sei que você era um dos melhores alunos de alquimia da escola e queria criar poções para salvar vidas. E você, Crag... O treinador Quag achava que você era um dos favoritos para participar das regionais de luta livre.

Os dois exilados olham um para o outro e depois para Mindy, surpresos e sem palavras.

Mindy continua:

— Tess, eu sei que você tem uma irmã na escola que passa os dias preocupada com você.

O rosto carrancudo de Tess, a goblin, suaviza.

— Ela só quer que a irmã mais velha volte para casa — implora Mindy.

— Cala a boca! — grita Dorian. — Não deem ouvidos a eles. Esses aí estão tentando manipular vocês.

— Você não vê? Não somos tão diferentes. — Eu chego perto de Mindy. — Shane Shandar inspirou uma geração inteira de crianças. Crianças como você, Dorian. Crianças como eu. —

Aponto para Shane, que parece tão surpreso quanto os outros.
— Shane não se importa com os tesouros. E ele não se importa com a fama. Shane é um explorador que vive de acordo com os princípios do Código do Aventureiro! É por causa dele que todos nós ousamos sonhar um pouco mais alto.

E Dorian Ryder...

Em seu teste de admissão, você escreveu estas palavras: "Shane Shandar é meu herói. Ele é o maior aventureiro que já existiu, e eu quero ser igual a ele."

!

— É isso aí! — exclama Oggie, de pé a meu lado. — E é por causa de Shane que todos nós entramos na Escola de Aventureiros. Para fazer parte de algo importante.

— Para diminuir as distâncias no mundo! — diz Daz, juntando-se a nós. — Para conectar as pessoas de Eem. Pessoas de todos os tipos.

— E o que Rake já realizou? — pergunto, virando-me para encarar Lazlar. — A única coisa que você fez foi enganar um grupo de crianças perdidas e solitárias para te seguirem em sua busca egoísta por poder.

Segue-se um longo silêncio.

Shane ainda está com uma expressão atônita, quase humilde. Alguns dos exilados murmuram entre si, enquanto Rake me encara com tanto desdém que quase tenho vontade de correr e me esconder. Mas não é isso que eu faço. Mantenho meus olhos fixos nos dele.

— Acabem com eles. De uma vez por todas — Rake ordena, por fim, para Dorian Ryder.

Dorian dá um passo à frente, mas todos os outros exilados parecem hesitar.

— O que estão esperando? Vocês ouviram o mestre Rake! — Dorian berra.

Shandar desembainha sua espada.

— Sempre tive esperança de que poderia colocar algum juízo em sua cabeça no final, Lazlar — sua voz ecoa.

No instante seguinte, os exilados nos rodeiam como um enxame de vespas, com suas armas brilhando à luz das tochas. Então, há um lampejo de luz púrpura quando Rake ergue seu cajado de serpente. Um estalo de energia irrompe dos olhos da serpente como um raio, batendo no vórtice negro. Uma parte do vórtice começa a se separar quando o feixe de magia de Rake o parte ao meio, cuspindo faíscas negras em todas as direções.

Shane Shandar avança em direção a Rake, mas é impedido por Crag, o wug, e Magnus, o shourin. Crag levanta sua poderosa clave, e Magnus ataca com uma cimitarra verde brilhante. Com uma destreza surpreendente, Shane se esquiva de Crag, mas tropeça por causa da perna ainda não curada. Eu grito "Cuidado!", mas não há mais nada que eu possa fazer, pois Dorian Ryder vem correndo em minha direção.

No entanto, antes de Magnus conseguir atingir Shandar, ouvimos um barulho, e duas flechas atingem a capa do xourim, prendendo-o no chão e impedindo-o de avançar. Viro a cabeça e vejo Mindy a uns seis metros de distância com seu arco. Ela faz um gesto com a cabeça, e então recua ao ver a lança de outro exilado furioso.

Enquanto isso, Gunnar, o bicho-papão, avança em direção a Oggie, grande e imponente como um troll. Gunnar balança sua clava com espinhos, e ouve-se um estrondo quando Oggie a bloqueia com seu escudo. Mas o golpe é tão forte que Oggie tropeça para trás e cai em cima de mim, e por pouco não sou golpeado pela espada de Dorian Ryder.

— Você está sempre querendo se intrometer em nossos planos! — Dorian reclama, tentando me acertar de novo. — Mas esta é a última vez!

— Nisso você está certo, Dorian! — retruco. — Esta será a última vez que vamos precisar deter seus planos malignos!

É quando ouço um grunhido e o baque de Shane Shandar caindo no chão. O doutor Grin, pilotando seu traje mutante, fica de pé em frente a Shane, enquanto Rake desaparece no vórtice.

— NÃO! — eu grito.

Shane Shandar se vira em minha direção e diz:

— Vai atrás dele, garoto! Antes que ele pegue o fragmento! Antes que ele...

A troglo mutante do doutor Grin agarra Shandar e o joga no solo com força novamente.

Dorian me pega distraído com um soco, e eu quase caio de joelhos. Tenho que deter Rake! Tenho que pegar o fragmento! Tento me esquivar de Dorian, mas a minha direita e a minha esquerda, vejo mais dois exilados vindo em minha direção. Um deles é Kodar, com seu machado vermelho na mão, e o outro é Kindra, o bicho-papão, empunhando um pesado martelo de guerra. Ergo o Esplendor de Cristal para bloquear os golpes, enquanto os três exilados se reúnem para me atacar.

Para minha surpresa, um bastão de madeira de macabruva surge a minha frente, bloqueando o golpe de Dorian, enquanto Kindra é atingida com um chute no estômago por uma bota preta, que a derruba. Eu desvio do machado e vejo Zeek e Daz me protegendo.

Vai, Coop! Faça o que você tem que fazer!

A gente segurar estes três...

Ah, isso vai ser divertido. Hahaha!

Vejamos o que o traidor tem a oferecer.

Com Daz e Zeek cobrindo minha retirada, corro para o vórtice, sozinho. Quanto mais me aproximo, mais brilhante e forte se torna a chama do Esplendor de Cristal. Fico na borda daquela escuridão concentrada e respiro fundo.

CAPÍTULO

20

A escuridão impenetrável me envolve como um polvo gigante com tentáculos famintos que recuam da luz do Esplendor de Cristal. Eu avanço, golpeando e cortando os tentáculos negros, e eles desaparecem assim que minha espada os corta. Mas não importa o quanto eu golpeie, os tentáculos se formam novamente e se lançam, batendo contra o Esplendor de Cristal como flechas ricocheteando na parede de uma fortaleza. Mas isso não me desanima. Preciso pegar o fragmento! Assim, continuo lutando, abrindo caminho pelas sombras, e acabo descobrindo que Rake luta para fazer o mesmo, com raios da escuridão profunda entre nós.

Rake se lança com seu cajado de cabeça de serpente, fazendo explodir uma magia violeta que sai dos olhos roxos brilhantes da serpente. Ele olha para mim, e a raiva ferve em seu rosto ao ver que estou avançando, cada vez mais perto de um pontinho de luz que brilha como uma estrela, flutuando no ar em meio à sombra vaporosa e rodopiante.

— O fragmento. — Suspiro ao ver o brilho que se revela para mim. — Estou tão perto!

— Não está, não! — Rake, ignorando as sombras, se vira para apontar seu cajado diretamente para mim. — Esse prêmio é meu!

Com um zumbido crepitante, os olhos da serpente se iluminam, e Rake lança um raio de energia violeta direto contra mim.

O Esplendor de Cristal cai de minhas mãos e se choca contra o chão. Tento pegá-lo, mas os tentáculos sombrios me agarram quase instantaneamente. Sua força é enorme, e meus esforços para me desvencilhar deles são inúteis. Preciso do Esplendor de Cristal!

— Sua energia e vigor são admiráveis. — Rake fica me olhando lutar para escapar. — Você demonstra grande coragem, apesar disso não servir para nada neste momento!

Os olhos da serpente brilham enquanto Rake se aproxima para me humilhar.

— Você não é como os outros. Geddy desperdiçou você. A Escola de Aventureiros desperdiçou você.

— Geddy Vel Munchowzen é um grande homem! — respondo, em tom de desafio. — Ele foi um excelente professor!

— Não foi excelente o suficiente. — Rake dá risada enquanto os tentáculos me puxam em um abraço sombrio. — Na verdade, acho que me enganei ao depositar tanta fé em Dorian Ryder. Você parece ser muito mais promissor.

A escuridão sombria gira em torno de nós, e Rake se aproxima de mim, chegando a poucos centímetros de distância.

— Vou te dar uma única chance. Junte-se a mim, e mudaremos o mundo. Os exilados não são mais úteis para mim. O que eu preciso é de aventureiros de verdade!

— Nunca! — eu grito, cheio de coragem. — Você não sabe nada sobre ser um aventureiro de verdade!

> Muito bem...
>
> Mas é realmente um desperdício ver o sofrimento que o destino reserva para você.

O motor na mão mecânica de Rake range quando ele ergue o cajado em direção a meu rosto.

— Adeus... *aventureiro*! — ele zomba, com maldade, mas não me acerta!

> Finalmente... Eu serei INTEIRO outra vez. Todo nosso mundo quebrado vai ficar inteiro outra vez. E eu serei o REI de Eem!
>
> Esse é meu destino.
>
> Eu sou o escolhido...

Rake se vira e vai embora, deixando-me para ser engolido vivo pela escuridão que me agarra. Tentando tomar ar, eu grito, mas não sai quase nada. Por uma fresta nas sombras sufocantes, como um buraco de fechadura, vejo Rake esticar a mão e pegar o fragmento brilhante do ar, e se admirar com seu brilho.

Rake se vira em minha direção, com o fragmento brilhando intensamente em sua mão. O sorriso cansado e aliviado em seu rosto quase o faz parecer um velhinho bondoso. Por um momento, a horrível máscara de metal, os tubos e as engrenagens presas a seu corpo mostram quanta dor ele realmente sente. Rake faz uma pausa entre respirações difíceis, perdido em seus pensamentos. Então, com olhos cansados, ele olha para mim e oferece um sorriso gentil, em meio ao furacão de sombras e escuridão que nos engole.

— Adeus, garoto. — E diz, com absoluta sinceridade: — Eu sinto muito... mas preciso ficar com este tesouro.

Rake me dá as costas enquanto as sombras envolvem meu corpo e me sufocam como uma serpente. Eu luto com todas as minhas forças, mas as sombras são mais fortes. Um segundo depois, tudo fica preto.

É nesse momento sombrio que uma explosão de luz ofuscante, como fogos de artifício, irrompe sobre nossas cabeças, e as sombras se dissipam. E, para meu espanto, vejo Bim, o duago. Brilhando como uma estrela, seu corpo flutua no ar, com os braços estendidos e os dedos brilhando, dos quais relâmpagos emanam em forma de arcos.

A escuridão que me sufoca recua, soltando meus braços e pernas. Instintivamente, deslizo pelo chão e pego o Esplendor de Cristal para me preparar para lutar contra Rake. Mas Bim já havia começado.

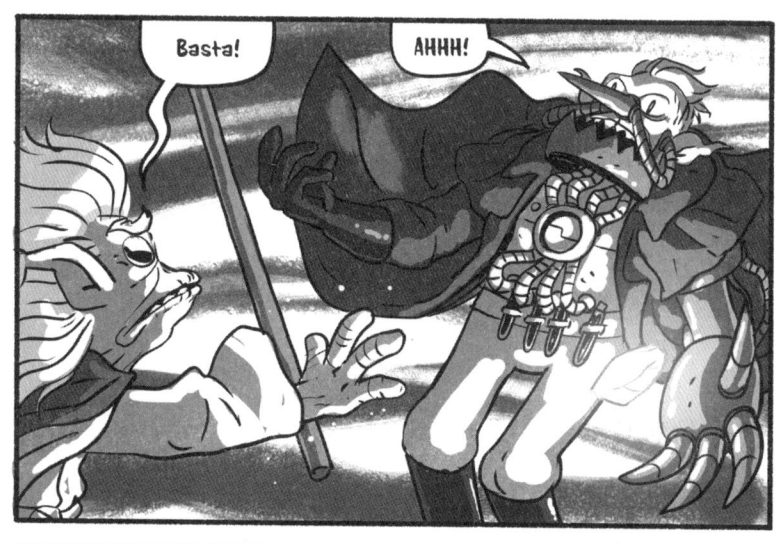

Rake se debate na teia de magia de Bim. Ele resmunga e grita, xinga e cospe, mas Bim não se mexe. O duago tira sem esforço os outros dois fragmentos dos bolsos da capa de Rake.

— Ninguém é digno da pedra. Ninguém é digno de magia — Bim afirma, com calma, e uma luz branca salta de seus dedos produzindo um lampejo e um estalo, e os três fragmentos começam a girar como pião, um em direção ao outro, tão rápido que parecem bolinhas de gude redondas e peroladas. — Agora, eu farei o que deveria ter sido feito há muito tempo. Livrarei a Terra de Eem de toda a magia. Os fios que teceram essa terrível tapeçaria serão desfeitos.

Os olhos de Rake brilham e sua boca está aberta.

— Espere... — ele pede. — A magia está escondida no mundo todo. Se você acabar com a magia... destruirá Eem.

Não acredito que estou dizendo isso, mas... Rake está certo! A magia une o mundo. Ninguém sabe o que pode acontecer se a magia for desfeita.

— Você vai matar todos nós! — Rake meio que se desespera.

Mas Bim não dá ouvidos. Com um movimento do pulso, ele joga Rake no chão com força, pondo-o desacordado.

— É necessário — responde Bim, olhando para mim. — Você sabe que isso é verdade, Coop Cooperson. Rake é um monstro. E muitos outros monstros habitam nossa terra, ainda piores do que ele. Rake cobiça a Pedra dos Desejos, e isso é loucura.

Bim flutua, descendo até o chão, girando os fragmentos no ar com um movimento suave da mão.

— Mas e o restante das pessoas? — eu insisto. — Você vai machucar muita gente! Pessoas boas que levam uma vida honesta.

— Olhe a seu redor. — Bim chacoalha a cabeça. — Este lugar de magia maligna... Este lugar contém os ecos sombrios de milhares de desejos não realizados. Desejos de inveja, de vingança...

Bim olha com piedade para o inconsciente Rake.

— E ambição cega. — O mago gira os fragmentos cintilantes, e eles giram em torno de sua mão como uma órbita lunar. — O último fragmento foi abandonado aqui, e está inflamado por todo o seu potencial não utilizado. Você precisa entender que, a todo momento, o mundo gira em um equilíbrio delicado. Eem é uma terra mágica, sim, mas é também um mundo que progride de acordo com a natureza. E a natureza é lenta. Ela não se apressa. E sua paciência é algo de uma beleza sublime. A Pedra dos Desejos destrói esse equilíbrio. A Pedra dos Desejos é impaciente. A cada desejo feito sobre ela, haverá mil desejos desfeitos. Nada de bom pode vir dessa pedra, Coop Cooperson. Apenas destruição.

As palavras de Bim pairam pesado no ar. Tento entender, mas ainda não consigo me imaginar desejando que o mundo inteiro acabe por causa de algumas maçãs podres no cesto. Ainda há pessoas corajosas na Terra de Eem que defendem o que é bom e verdadeiro. Estou prestes a dizer isso, quando Bim ergue os fragmentos giratórios acima de sua cabeça.

— Espere! — eu grito. — Você não precisa fazer isso!

Bim esboça um sorriso triste.

— Você fez sua parte, Coop Cooperson. Você me trouxe até a pedra que estava perdida havia tanto tempo. Deveria ficar feliz por isso, filho. Feliz por estar aqui para testemunhar o fim dos velhos tempos. E o começo de uma nova era...

É O ÚNICO JEITO.

Com um clarão ofuscante e uma chuva de faíscas, Bim junta os fragmentos quebrados, formando uma única pedra resplandecente.

A nosso redor, o sufocante vórtice sombrio se desvanece, caindo como uma cortina de sombras. Mal posso acreditar em meus olhos, mas a Pedra dos Desejos está inteira novamente.

ZAT! De repente, Bim é atingido por um raio de energia roxa. Com um suspiro, ele cai no chão e, instantaneamente, a magia cessa. A Pedra dos Desejos cai de suas mãos e rola até os pés de Lazlar Rake.

Agora que as sombras desapareceram, finalmente percebo que todos pararam de lutar. Eles olham incrédulos para Rake, que dá um passo à frente e pega a pedra.

— Bim… — murmuro em choque.

Mas Bim não se levanta. Ele simplesmente fica ali, completamente sem vida. Não consigo evitar as lágrimas que brotam em meus olhos, por mais equivocado que Bim estivesse no final. Mas não há tempo para chorar. Assim, eu me levanto, com a espada na mão, a tempo de ver Rake erguer a Pedra dos Desejos na direção do céu.

CAPÍTULO

21

Os olhos loucos de Rake brilham, e sua boca treme em exaltação ao pronunciar as palavras.
— Eu desejo... que meu corpo se torne TODO-PODEROSO! — ele berra.

Shane Shandar e os outros gritam, formando um coro de desespero que ecoa no ar, mas é tarde demais. As palavras de Rake já foram pronunciadas. Seu desejo foi decretado.

Imediatamente, Lazlar Rake passa por uma rápida transformação bem diante de nossos olhos. Com a velocidade de uma pipoca estourando, seus músculos ganham volume, rasgando sua capa. A armadura de metal construída pelo doutor Grin explode e os tubos estouram, causando uma tempestade de líquido vermelho pulverizado.

A princípio, Rake parece estar sentindo muita dor. Ele se contorce, convulsionando. Mas, quando ele ergue a cabeça novamente, vejo um sorriso largo e maníaco estampado em seu rosto.

— ISSO! — ele berra.

Seu nariz de metal, o queixo de ferro e o braço mecânico caem como pele de cobra, e ele ganha um novo nariz, um novo queixo e um novo braço musculoso, tudo em um piscar de olhos.

O Time Verde, Zeek e Shane vêm correndo e param a meu lado, olhando horrorizados, enquanto os exilados se animam e gritam de alegria com a transformação de Rake.

— Quando vamos poder fazer *nossos* desejos? — indagam, impacientes.

> Havia apenas DOIS desejos, garoto, e o primeiro já foi! Eu não desperdiçaria o último com ninguém, quanto mais com GENTALHA feito vocês.

> O-o quê?

Mas Rake não dá bola pra eles, e fica apenas admirando seu novo corpo. É como se ele estivesse perdido em seu próprio mundo.

— Vamos, mestre! É nossa vez — Dorian pede, com um sorriso largo. — Queremos fazer nossos desejos! Deixe a gente usar a pedra!

Ao ouvir isso, Rake dá uma risada fria e insensível, voltando seu olhar para Dorian.

Dorian parece ter levado uma facada nas costas. Ele olha para os outros exilados, que estão igualmente chocados e decepcionados.

— Mas você prometeu que todos nós poderíamos fazer desejos. Você disse...

A risada cruel de Rake abafa as palavras de Dorian. Ele ri com tanta força que faz tremer toda a caverna.

— E agora, meu segundo desejo! — Mas antes de conseguir dizer qualquer coisa, Rake começa a crescer novamente, desta vez mais rápido do que antes.

Seus braços e seu peito crescem em proporções extremas, com veias enormes pulsando como cobras gigantes sob sua pele. Mas não para por aí. Rake continua crescendo e crescendo, chegando quase ao tamanho de uma casa!

— O que está acontecendo com ele? — Zeek se assusta.

— O desejo — responde Mindy, com medo no olhar. — Rake está conseguindo o que deseja. Está se tornando um monstro todo-poderoso...

Pelos escuros e eriçados brotam por todo o corpo de Rake, e presas enormes saem de sua boca como lanças curvas! Então, espinhos horrorosos brotam de suas costas! Ele cresce sem parar, e um olhar preocupado invade o seu rosto.

— Agora, meu segundo desejo — repete Rake. Mas, com sua mão enorme, ele se atrapalha com a pedra, que cai no chão.

Rake olha para o chão com atenção.

— A pedra! Protejam a pedra! — ele ordena aos exilados.

De ambos os lados, todos correm para encontrar a pedra, espalhando-se pela paisagem escura e rochosa.

— Onde ela foi parar? — grita Oggie.

— Não sei! — respondo. — Não consigo ver nada!

De repente, a mão enorme de Rake agarra Dorian e o joga para o lado como se ele fosse uma boneca de pano.

— ME DÁ ISSO! — Rake grita.

Mas, mais uma vez, a pedra é arremessada para longe na escuridão ao redor.

Rake solta um rugido bestial de frustração, e os exilados se encolhem de medo, deixando Dorian quieto nas sombras.
— Não acredito nisso… — resmunga um exilado.
— Isso não é justo! — reclama outro. — Ele mentiu para nós.

— Este é o Rake verdadeiro! — digo a eles. — Ele sempre foi assim.

— Cadê a pedra? — Kodar rosna. — Digam o que quiserem, eu vou fazer meu desejo!

— Ninguém fará desejo nenhum! — Daz se dirige a todos. — Ele enganou vocês! Rake não se importa com nada além de si mesmo!

— Cuidado! — Shane alerta.

As garras enormes e carnudas de Rake cavam a terra, dando golpes estrondosos. Ele pega enormes blocos de rocha com as mãos, peneirando-os em busca da pedra. Todos nós pulamos para desviar dos imensos buracos que se abrem no chão e da terra e dos detritos que despencam de cima para baixo.

Rake retira cuidadosamente a Pedra dos Desejos do monte de terra e pedras com dois dedos, como se fosse uma pedrinha minúscula.

— Vamos pra cima dele! — grita Dorian Ryder, das sombras. Há sangue escorrendo de seu nariz, e suas roupas estão esfarrapadas, mas ele se levanta e saca sua lâmina. — Derrubem Rake! A Pedra dos Desejos é NOSSA!

Por um breve momento, os exilados olham para a figura imponente de Rake com hesitação. Mas quando Dorian avança, os outros gritam e o seguem para a batalha.

Juntos, os exilados escalam o corpo gigante de Rake como formigas furiosas, atacando-o com suas armas e fazendo força para derrubá-lo. O ataque é tão intenso que a pedrinha cai dos dedos de Rake e, mais uma vez, é lançada ao ar.

Porém, dessa vez estou pronto, e pulo em direção à pedra como um cervo saltitante.

Com a Pedra dos Desejos na mão, eu imediatamente me torno o alvo principal. Dorian se volta contra mim, e Rake grita "ME DÁ A PEDRA!". Ele avança em minha direção, sacudindo todos os seus membros a cada passo. Ele ficou tão gigantesco que seus espinhos raspam contra o teto rochoso da caverna.

— Faça um pedido, garoto! — Shane Shandar grita atrás de mim. — Antes que seja tarde demais!

Rake joga Shandar para o lado e depois esmurra o chão atrás de mim, abrindo uma rachadura na caverna, que treme como um terremoto. Eu salto para me esquivar e, ao me virar, vejo meus amigos a vários metros de distância. Suas vozes imploram para que eu faça um pedido.

Entretanto, o que eu posso desejar? Há tantas opções, tantas possibilidades. Lembro-me do teste de ética do diretor Munchowzen. De como eu achei que era uma pegadinha, impossível de vencer. Será que está acontecendo a mesma coisa agora? O que posso desejar que não seja um tiro no pé? Paz mundial? Felicidade eterna para meus amigos e familiares? Ou talvez eu deva desejar algo simples como um pedaço de bolo bonito e saboroso? Ou uma torta?!

Eu poderia desejar fortuna ou poder, mas não teria feito nada para merecer isso. A Pedra dos Desejos desfaz o equilíbrio da natureza, e o custo seria alto. E, além disso, como Shane Shandar disse, a verdadeira recompensa de um aventureiro não é nada de extravagante. O mesmo vale para a vida. A verdadeira recompensa é o conhecimento e a sabedoria, e a compreensão do mundo e das pessoas a nossa volta.

Sou então arrancado de meu labirinto mental quando Rake vem em minha direção. Observo sua forma maciça passar sobre o corpo sem vida de Bim, estirado no chão. Um ser sábio e antigo cuja vida longa foi destruída em um instante. Tudo por causa de um desejo tolo.

A única coisa da qual tenho certeza é que não posso deixar Rake ficar com a Pedra dos Desejos. Não posso deixar ninguém ficar com ela. E se algum feiticeiro maligno descobrir uma maneira de usar a pedra novamente? Não, a pedra deve ser destruída para sempre!

Então, tomo uma decisão.

— Desejo que o Esplendor de Cristal — começo, com verdade na voz — tenha o poder de destruir a Pedra dos Desejos para sempre!

Em um instante, o Esplendor de Cristal crepita com energia, ficando maior e mais brilhante em minha mão. Quanto Rake se prepara para me atacar, lanço a Pedra dos Desejos no ar e balanço o Esplendor de Cristal com toda a minha força. Ouve-se um som alto e um estalido quando a espada encosta na pedra e, de repente, tudo fica branco.

Por uma fração de segundo, o calor é tão forte que parece que estou embebido em fogo. E então vem um grande impacto. Ouço as vozes abafadas de meus amigos e o rugido distante e furioso de Rake. Quando abro os olhos, vejo que o Esplendor de Cristal se foi. Completamente. Será que foi destruído?

Nesse momento, uma mão forte me ergue e me põe em pé.

— Um viva para você, herói — diz o dono da mão.

Percebo que não estou mais onde estava. Encontro-me de pé em um lugar estranho e nebuloso, como em um sonho.

— Antigos portadores do Esplendor de Cristal? — Minha mente gira, e me lembro dos Timbos e do soberano a quem eles chamavam de Grande Rei Gogumelo. — Isso significa que você é...?

O gogumelo faz que sim com a cabeça.

— Miko Morga Megalomungo.

— Uau! — eu me espanto. — Eu estou... morto?

Ele faz que não.

— Ainda não. Não completamente.

— Então, estou... *quase* morto? — Fico espantado outra vez.

— O Esplendor de Cristal, a Espada dos Cem Heróis, foi quebrada — diz o Grande Rei Gogumelo, sem responder a minha pergunta. — Em milhões de pedaços.

— Sinto muito — digo com sinceridade. — Foi a única solução em que pensei. Eu precisava destruir a Pedra dos Desejos.

Miko Morga Megalomungo acena com a cabeça.

— Nós sabemos, herói. Sacrifício supremo foi o que você fez. Pelo bem da terra.

As outras figuras fantasmagóricas acenam com a cabeça atrás dele, concordando.

— Hum... — Dou de ombros. — Então, o que eu faço agora?

— Há muitas coisas que você ainda deve fazer, herói — diz o gogumelo. — Sua história ainda não está totalmente escrita e seu tempo ainda não terminou. Ao ser destruída, a espada deixou isso claro.

— Você quer dizer que o Esplendor de Cristal... me salvou?

Miko Morga Megalomungo aponta para o que parece ser um portal brilhante e reluzente.

— Que legal — é tudo o que consigo pensar em dizer, com os olhos arregalados de admiração.

> A porta para o reino dos vivos está aberta para você, herói.

> Mas quando chegar o momento, daqui a muitos e muitos anos, sua alma terá um lugar para descansar aqui entre os Cem Heróis, caso assim você decida.

Há uma longa pausa.

— Adeus, herói. — O Grande Rei Gogumelo faz uma pequena reverência para mim.

— Adeus — eu me despeço.

E todos os heróis acenam para mim enquanto eu saio e atravesso a luz brilhante.

FLASH! No instante seguinte, estou acordado. Tipo, acordado *mesmo*.

— Hã? — eu resmungo, grogue. Por algum motivo, minha cabeça está balançando para cima e para baixo, e estou olhando para o chão. Será que isso foi real? Ou tudo não passou de um sonho?

— Coop? Você tá acordado?! — pergunta Oggie entre respirações pesadas.

— Ainda bem! — Daz corre do nosso lado.

— Ficamos preocupados! — grita Mindy.

— Acho que a gente deveria correr mais e falar menos! — Zeek sugere, sem fôlego.

É então que eu percebo: o Time Verde, Zeek e Shane Shandar estão correndo junto com os exilados para se afastar do monstruoso Lazlar Rake. Ele cresceu tanto que mal cabe nos limites da paisagem subterrânea. Pedras e estalactites se soltam do teto e caem no chão à medida que ele nos persegue, praticamente de joelhos. Parece que a única coisa que o impede de nos pegar é seu imenso tamanho, que, pelo visto, está atrapalhando.

— EU VOU MATAR TODOS VOCÊS! — ele ruge, com a voz tão alta que faz meu peito tremer. — MEU DESEJO! MEU ÚLTIMO DESEJO! VOCÊS ROUBARAM MEU DESEJO!

— Ele está nos alcançando! — informa, horrorizado, um dos exilados.

CRUSH! CRASH!

> VOCÊS NÃO PODEM FUGIR!

As paredes da caverna começam a rachar e desmoronar a nosso redor. Os braços enormes de Rake tateiam e tentam nos agarrar por trás. Ele é tão colossal que parece estar rastejando por um túnel apertado.

— Para onde estamos indo? — indaga outro exilado, em pânico. — É melhor a gente se separar!

— Nunca separar o grupo! — grita Shane a nossa frente. — Me sigam! Vocês têm que confiar em mim!

Quando entramos em outro túnel na caverna, reúno forças para saltar do ombro de Oggie e me apoiar em meus próprios pés. É quando sinto uma onda de calor conhecida atingir meu rosto, como se tivéssemos acabado de entrar em um forno gigante. Será que estamos nos aproximando do cânion que leva ao núcleo vulcânico de Eem?

Minha pergunta é logo respondida quando uma luz vermelha pulsante ilumina a escuridão à frente. Então, vejo a longa ponte de pedra pela qual passamos antes, ao perseguirmos Kodar.

— Por que está tão quente? — um exilado indaga, com medo.

Mas não dá tempo de responder. As garras enormes de Rake martelam o chão poucos metros atrás de nós. Com a força do golpe, pedras afiadas e detritos são lançados pra cima da gente como estilhaços. Um exilado tropeça e cai, mas Zeek volta para ajudá-lo a se levantar, desviando por pouco de uma garra de Rake.

— Depressa! — Shane grita. — Atravessem a ponte!

Nós corremos até a ponte de pedra, que não tem mais de cinco metros de comprimento. A nosso redor, há um espaço vazio e escuro, e começo a questionar a decisão de Shane de nos trazer até aqui. Não há nada que possa deter Rake agora que ele sai da boca da caverna em nosso encalço. Seu corpo é titânico, e seus olhos cintilam de raiva.

Em sua fúria cega, o corpo maciço de Rake atravessa a ponte com uma despreocupação imprudente.

— VOCÊS TODOS VÃO MORRER! — ele ruge, e o som de sua voz estrondosa corta as rochas e desce pelo abismo, produzindo um eco aterrorizante.

Mas quando ele avança com toda a sua força, o chão sob seus pés começa a tremer. Imediatamente, fissuras se abrem na pedra a cada passo que ele dá, e ele cambaleia como um veado recém-nascido, desequilibrado.

— EU VOU DESTRUIR VOCÊS! — Rake tenta nos golpear com suas garras, mas a ponte faz um barulho, rachando sob o tremendo peso de seu corpo monstruoso.

E então me dou conta. Peso e impulso! Shane Shandar sabe exatamente o que está fazendo! Ele nos trouxe aqui por um motivo, e é exatamente como Victor Sete nos ensinou na aula de

Táticas e Combate. Dominado por sua própria raiva, Rake está se arriscando demais. Seu poder e agressividade sem limites serão sua própria ruína!

Teias de rachaduras se espalham sob seus pés como mil serpentes e, de repente, a ponte inteira cede debaixo dele.

Por um instante, atrevo-me a olhar enquanto Rake cai no abismo sem fim, com seus braços se debatendo loucamente. A ponte inteira começa a despencar sob nossos pés, não nos deixando escolha a não ser correr a toda a velocidade!

Escapando da pedra que desmorona, finalmente conseguimos chegar ao outro lado do cânion escaldante, em terra firme.

Há um longo período de silêncio, cortado por respirações ofegantes e pesadas.

— Conseguimos — diz Oggie.

— Não acredito — acrescenta Daz.

Olho para Shane Shandar, espantado.

— Esse era o plano, não era? Você sabia que a ponte não suportaria o peso dele.

Shane dá uma piscadinha, olha para a borda do precipício e comenta:

— Tive um pressentimento.

— Ele já era mesmo? — pergunta a exilada Ash, com um toque de tristeza. —Acabou?

— Ninguém sobreviveria a essa queda — garante Shane. — Nem mesmo um monstro como...

Um terror absoluto toma conta de mim quando olho fixamente para os horríveis olhos sangrentos, enormes e cruéis de Rake. Seu corpo chamuscado está pegando fogo, e ele solta um rugido de gelar o sangue!

Instintivamente, levo a mão para pegar o Esplendor de Cristal, mas ele se foi. Destruído para sempre. Quase grito para recuarmos, mas é aí que algo incrível acontece!

Todos começam a trabalhar juntos. Tanto os exilados quanto os aventureiros. Não somos mais inimigos, não estamos mais divididos. Todos nós nos unimos, empurrando, chutando e afastando o grande mal diante de nós.

Lazlar Rake uiva e cai para trás, despencando de novo no precipício. Desta vez, observamos sua forma colossal desaparecer no brilho vermelho, e o som de seu gemido irado se reduz a nada.

Há uma pausa longa e silenciosa durante a qual recuperamos o fôlego.

— *Agora* acabou pra valer? — Oggie pergunta a Shane, incrédulo.

Shane se joga no chão, exausto, e só consegue rir de alívio, ainda em choque.

— Acabou — ele afirma. — Acho que acabou de uma vez por todas. — Enxuga o suor da testa e ajeita o chapéu. — Agora vamos sair daqui e encontrar um lugar seguro para vocês, crianças.

Ninguém responde a Shane Shandar, pelo menos não com palavras. Nós apenas seguimos atrás dele, afastando-nos da ponte em ruínas em silêncio.

Todos menos eu. Ainda olhando para o precipício, vejo a luz vermelha brilhante lá embaixo, que só pode ser o eco fraco de um oceano agitado de lava derretida a quilômetros de profundidade. O calor sopra em meu rosto como o hálito de um dragão. E eu me vejo perdido, sem saber ao certo o que sentir. Acabou, mas há uma parte de mim que ainda não acredita, que ainda sente que escapei por pouco da morte. O desejo de Rake foi o que causou sua ruína, mas, de alguma forma, eu ainda estou aqui. Graças ao Esplendor de Cristal, creio eu. Graças ao Grande Rei Gogumelo e aos Cem Heróis.

A voz de Daz me tira de meu transe:

— Você tá bem?

Eu me viro, e ela está me esperando, com um olhar preocupado no rosto.

— Vou ficar — respondo com um sorriso. — Vamos para casa.

Daz sorri e pega minha mão.

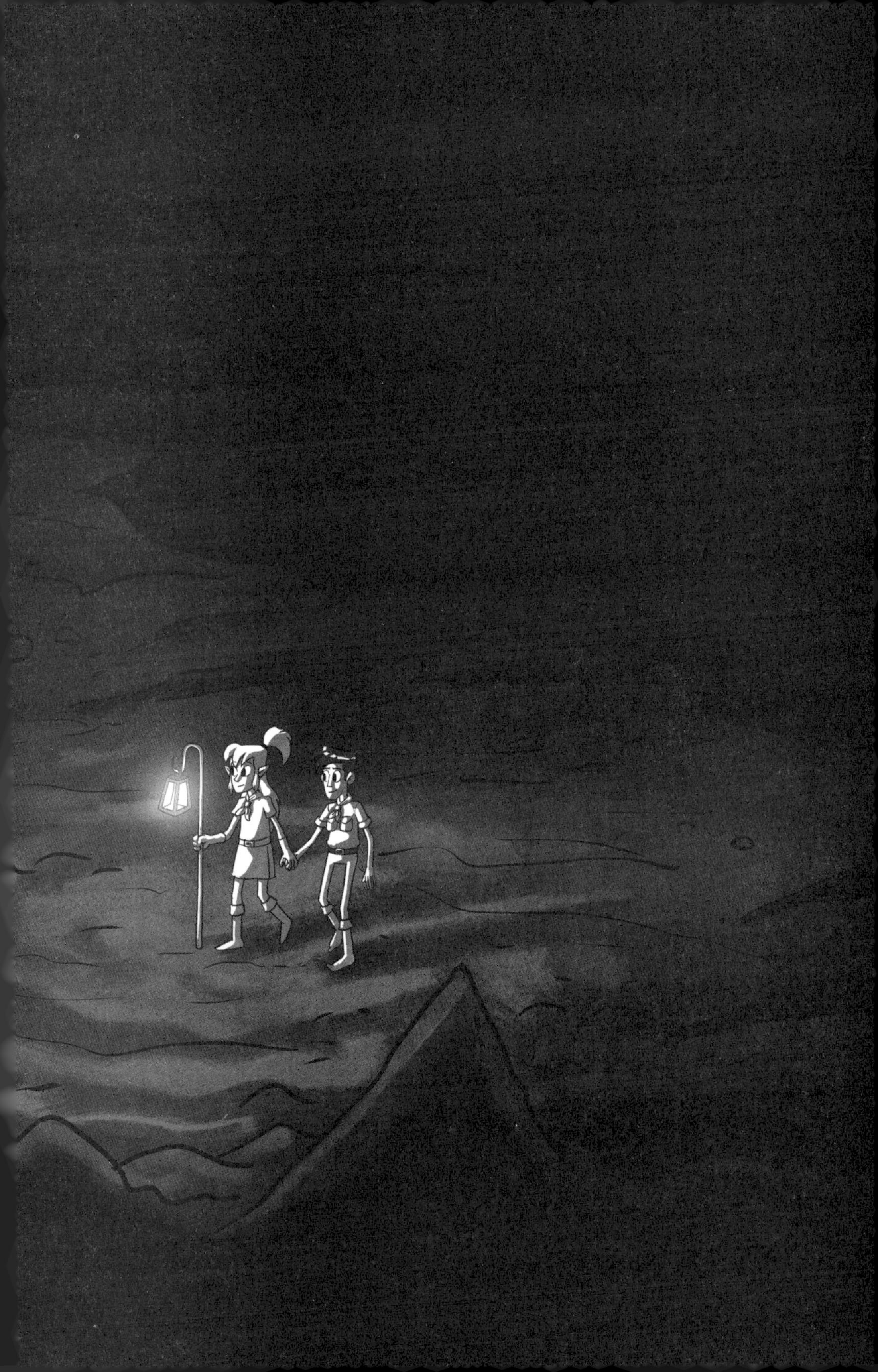

BEM-VINDOS DE VOLTA

CAPÍTULO

22

É com muita bagunça e animação que as portas da Escola de Aventureiros finalmente são reabertas. Os alunos e suas famílias chegam em massa para comemorar no Grande Festival de Reabertura, com comida, jogos e prêmios. É bom estar de volta em casa.

Calma, eu acabei de chamar a Escola de Aventureiros de *casa*? Acho que sim, mas quer saber? A escola é tipo uma segunda casa para mim. Não só porque eu durmo aqui, como aqui e faço todas as outras coisas aqui. Mas porque é na escola que estão meus amigos. E, para mim, meus amigos são como uma família.

De todo modo, também há muitas mudanças acontecendo. Em primeiro lugar, muitos alunos novos chegaram. Em uma demonstração de apoio e confiança, os exilados foram rematriculados na escola. A maioria deles, pelo menos. Depois de toda a confusão com Rake e a Pedra dos Desejos, ninguém viu o que aconteceu com Dorian Ryder e Kodar no final. Me preocupa um pouco imaginar que eles possam querer voltar para se vingar, mas, no fundo, também espero que eles tenham conseguido sair de lá bem. E talvez... eles aprendam a mudar de atitude. Mas estou viajando, porque os outros exilados não são mais exilados.

Na verdade, eles ficarão sob a tutela do próprio Shane Shandar! Legal, né? Shane vai até dar aulas na escola por um tempo, e os ex-exilados estão em sua primeira turma. Devo admitir que sinto um pouquinho de inveja!

— Uau! É difícil acreditar que esses são os mesmos garotos que antes considerávamos nossos adversários — comenta Mindy enquanto passamos pela multidão.

— Nem me diga — responde Daz. — Isso só confirma que todo o mundo merece uma segunda chance.

— Sim. — Oggie suspira. — Eu só queria que Shane Shandar desse aulas para *nós*.

— Talvez isso venha a acontecer. — Eu sorrio. — Porém, acho que os novos alunos precisam mais dele do que nós neste momento.

— Bom, nós sabemos onde fica a sala dele. — Daz dá de ombros. — Podemos ir atrás de Shane sempre que quisermos ouvir histórias de aventura!

O rosto de Oggie se ilumina como uma tocha.

— Isso seria INCRÍVEL!

O senhor Quelíceras, nosso bibliotecário, entra correndo no pátio carregando pacotes de pão de rolobúrguer em quatro de suas patas.

— Olá, criançasssss. Animadossss para as comemoraçõessss? Ouvi dizer que logo teremos corridassss no sssaco.

— Olá, senhor Quelíceras! — eu o cumprimento. — Estamos superanimados! O senhor por acaso viu Zeek em algum lugar?

— Zeek? Não, não me lembro de ter visto. — O senhor Quelíceras bate na testa com uma de suas oito pernas. — Essssste lugar está tão lotado, não? Essssssstá bonito de ver!

Vejo sorrisos por todo o pátio. Os alunos chegam com suas famílias, logo depois de desembarcar do trem com bagagens e mochilas. Dá para perceber a ansiedade de todos para o recomeço do semestre. Ou talvez seja por causa dos rolobúrgueres de jumule que o treinador Quag está assando para o festival. De qualquer forma, estou muito, muito empolgado.

— Ei, Time Verde! — Ingrid chama do outro lado do pátio.

Com o chapéu pontudo de bruxa em uma das mãos e segurando uma sobremesa do tamanho de um machado de batalha na outra, ela caminha em meio à multidão até nós.

— Vocês precisam experimentar este bolo de túnel! É muito bom! É a receita secreta da professora Clementine.

— Delícia! — Oggie saliva.

— Oi, Ingrid. — Sorrio para ela. — Você viu Zeek em algum lugar?

— Claro que sim — ela responde com a boca cheia de doce. — Bem ali!

Ingrid dá outra mordida e aponta.

— Ei, Zeek! — eu grito, correndo até ele. — Vamos logo, está quase na hora da entrada.

— Já? — Zeek arregala os olhos, animado, e se volta para a grande torre do relógio. — Perdi a noção do tempo! Eu estava contando a Axel que nós conhecemos um sujeito muito legal chamado Delmer. E que ele me deu este cajado maneiríssimo!

— Pô — diz Axel. — Esse cajado é da hora, mano!

— Tenho que admitir que é muito legal ver que vocês dois fizeram as pazes. — Oggie dá de ombros. — Bom, desde que vocês não estejam planejando nos enfiar em um armário ou coisa assim.

— Isso nunca mais, Oggie — Zeek afirma, sério.

Axel concorda com a cabeça e troca um soquinho com Oggie, dizendo:

— Pode crer.

— Bom, o que estamos esperando, meus amigos? Vamos lá! — sugere Zeek.

Como eu disse, muita coisa mudou, mas provavelmente nada mudou mais do que Zeek Barfolamule Ghoulihan. Eu costumava achar que ele era o maior idiota do mundo, mas agora considero-o um de meus amigos mais próximos. É engraçado. Dizem que a adversidade aproxima as pessoas, o que geralmente é verdade. Mas o mesmo vale para o perdão. E nenhum dos dois é fácil! Entretanto, como diz o Código do Aventureiro: "Sempre fazer o que é certo, mesmo que outras opções sejam mais fáceis".

Sabe, o diretor Munchowzen diz que fui eu o responsável por esse pequeno acréscimo ao código. Mas, sinceramente, tenho que dar o crédito a minha mãe. Foi ela quem me ensinou a ser gentil e, no final das contas, a gentileza é sempre mais importante do que a força, a habilidade ou a experiência. Acho até que a gentileza é ainda mais importante do que a coragem. Por quê? Porque a gentileza torna mais fáceis as decisões difíceis. A gentileza está sempre certa.

De repente, ouvimos um apito distante, sinalizando outra chegada.

— Ei, o trem deles está aqui! — anuncia Daz.

— Vamos, pessoal! — chama Ingrid, e corremos para a plataforma.

O último trem-púlver para nos trilhos, formando uma grande nuvem de vapor. Corremos para lá e encontramos Zarg e Victor Sete organizando a movimentação de pedestres. Zarg nos vê correndo e nos persegue, fazendo cara feia com seu olhão. Mas, desta vez, ele não é tão severo.

— Não é permitido correr na plataforma — diz ele, sem gritar. — Mas creio que posso deixar passar desta vez. Para o Time Verde, quero dizer... — Ele dá uma piscadinha.

— Obrigado — respondo, um tanto desconfortável.

— Mas saibam que fiquei bastante irritado quando vocês roubaram o veículo do professor Victor Sete.

— N-n-não se preocupe com a Broquinha — a voz de Victor Sete ressoa. — Eu já a trouxe de volta e a estacionei na garagem.

Ela precisará de um b-b-bom conserto, mas calculo que estará funcionando novamente em trinta e oito anos!

— Trinta e oito anos? — resmungo, sentindo-me péssimo.

— Caramba, nós realmente sentimos muito... — Mindy acrescenta.

Por um momento, Zarg tenta disfarçar qualquer sinal de cordialidade ajeitando seu grande colarinho com profissionalismo. Mas ele não consegue se conter e pisca outra vez.

— Vocês se saíram muito bem, por sinal.

N-n-não sintam! Trinta e oito anos para uma pessoa-púlver como eu passam em um p-p-piscar de olhos.

Valeu, Victor!

Vocês têm sorte de o professor Victor ser tão bondoso!

Porque, se fosse por MIM, teria pedido ao diretor para EXPULSAR todos vocês! Mas quando soube dos vários atos de heroísmo que se seguiram... achei melhor fazer vista grossa.

Só dessa vez, é claro!

Ah, sim, sem dúvida.

Nossa! Então Victor Sete não está bravo conosco, e Zarg não é mais tão rígido. Na verdade, há rumores de que o diretor Munchowzen proibiu totalmente o uso dos blocos de demérito! Que alívio... Claro, não podemos correr na plataforma do trempúlver e ainda não podemos beber duas latas de refrigolante no almoço, mas acho que vamos sobreviver assim.

— Lá estão eles! — Mindy aponta.

— Oggram, meu garoto! — diz o senhor Twinkelbark com seu vozeirão, abraçando Oggie e erguendo-o do chão. — Seu malandrão! Fiquei tão preocupado! Quase morri de aflição! Vim vomitando num saco durante todo o caminho até aqui! Por falar nisso, pode segurar isto, por favor? — O senhor Twinkelbark entrega um saco de papel de aparência suspeita para Zarg, que parece intrigado.

— Foi mal, pai — Oggie se desculpa.

— Foi mal? — responde o senhor Twinkelbark, que coloca Oggie de volta no chão. — Só porque eu fiquei preocupado, não quer dizer que eu não esteja morrendo de orgulho do meu filhão!

Daz sorri para Oggie quando, de repente, seus pais a agarram em um abraço sanduíche apertado!

— Mãe! — Daz protesta. — Pai!

— Sem reclamar, garota! — a voz do senhor Dyn demonstra toda a sua emoção. — Achamos que tínhamos perdido você, querida!

A mãe de Daz encosta o rosto no dela, com os olhos marejados.

— Filha, nós te amamos tanto!

— Também amo vocês, mamãe! — responde Daz, com o rosto esmagado.

Ao mesmo tempo, Mindy começa a correr parada no lugar, empolgada, ao ver os Darkenheimers se aproximarem. Ela não perde tempo e se lança no ar, voando diretamente para os braços dos pais, dizendo:

— Eu estava com tanta saudade! Vocês não vão acreditar no que descobrimos! Primeiro, vimos um furador-rei, depois um cragnark! Sabia que eles não estão extintos? Ah, e depois… — A voz de Mindy vai diminuindo à medida que ela voa para longe com sua família.

— Minha pequena Ingy, aqui está você! — diz uma kobold de voz rouca usando um chapéu de bruxa igual ao de Ingrid.

Ingrid sorri, mas responde tímida:

— Mãe, por favor, não me chame assim.

— Ah, mas você sempre foi nossa pequena Ingy — afirma sua outra mãe, usando um chapéu idêntico. — Não é verdade?

— Claro que é! — confirma a primeira, com entusiasmo. — Nós ficamos sabendo o que você fez por seus professores.

— Você honra o nome das Inkheart! — comemoram as duas mães.

Ingrid ajeita a saia e sorri.

— Não foi nada.

De uma nuvem de vapor que emana do trem-púlver, surgem duas figuras.

— Mamãe! Papai! — Zeek corre até um casal de duendes altos que vestem roupas elegantes.

Eu nunca poderia imaginar que os pais de Zeek seriam tão chiques e refinados.

Zeek afasta seus pais, envergonhado.

— Não façam isso na frente de meus amigos, tá?

— Ah, meu Deus! Este deve ser Coop Cooperson. — A mãe de Zeek suspira, olhando para mim. — Zeek fala tão bem de você...

— Sério? — Isso me espanta um pouco.

— Ouvi dizer que você já tem uma história e tanto pra contar! — responde o pai de Zeek. — Meu garoto me falou tudo sobre suas corajosas façanhas no Labirinto de Cogumelos. Disse que você o salvou de um casulo de aranha gigante!

— Mesmo? Ele contou? — pergunto, surpreso.

— E aquela situação desagradável com os exilados e com aquele nefasto ex-fundador da escola... Como era o nome dele? Lazlar Rake! — acrescenta a mãe de Zeek com um olhar preocupado.

— Exato! — o pai confirma. — Zeek disse que, sem você, ele ainda estaria preso com aqueles malfeitores!

A mãe dele dá um tapinha em meu braço com suas unhas pintadas.

— Zeek só fala de você nas cartas que nos manda.

— Mãe! — Zeek protesta, tentando afastar seus pais como se fossem um navio navegando em direção a um rochedo. — Chega, né? Eu, heim!

— Ah, tá bom — responde a mãe de Zeek, aceitando.

Em um primeiro momento, não sei nem o que dizer. Estou pasmo!

— Você disse mesmo tudo isso a eles, Zeek? — indago.

Zeek acena com a cabeça timidamente, depois me puxa de lado por um segundo enquanto seus pais começam a cumprimentar os outros.

— Bem... sim, né? — afirma ele, um tanto hesitante. — Não é como se não fosse verdade.

Dou de ombros, meio envergonhado.

— Sabe... — ele começa, com a voz tremendo. — Tenho pensado muito sobre isso. Sobre as coisas. E... percebi que Oggie tinha razão.

— A respeito do quê? — pergunto, confuso.
— De você — responde Zeek. — Você sempre apoia as pessoas, Coop. Nos momentos bons e nos momentos ruins. E mesmo sentindo que eu merecia, você ainda assim me apoiou...

O que Zeek faz em seguida, eu não imaginaria nem em um milhão de bajilhões de gazilhões de anos.

> Obrigado, Coop.
> Obrigado por decidir confiar em mim.

> Não foi nada, Zeek.

De repente, um terceiro goblin sai do trem-púlver dando passos pesados, carregando várias malas grandes.
— Como você tá, fedelho? — o tio Lloyd cumprimenta com um sorriso maroto. — Vim para demonstrar meu apoio!
— Puxa, tio Lloyd! — Zeek suspira. — Você veio mesmo até a Escola de Aventureiros?

— Bem, eu vou fazer uma longa viagem a negócios e pensei em dar uma passada aqui para ver meu sobrinho favorito antes de partir! — O tio Lloyd dá um mata-leão de brincadeira em Zeek, e então descubro de onde Zeek tirou essa mania. — Além disso, eu precisava contar que você e seus amigos são famosos nas conversas de corredor da Poços e Fossos Subterrâneos! Vocês botaram o infame Lazlar Rake pra correr! Aí, sim, é bonito de ver!

— Sério? — Zeek pergunta, com os olhos arregalados.

— Pode apostar! — O tio Lloyd dá risada. — O pessoal do escritório tá dizendo que Zeek Ghoulihan é um garoto que consegue fazer acontecer! Zeek Ghoulihan é um Shane Shandar da vida real!

— Uau! — Zeek vibra.

— Agora, que tal encontrarmos seus pais e comermos alguma coisa? Estou morrendo de fome! — O tio Lloyd fareja, com o nariz apontando para o ar. — Será que estou sentindo cheiro de rolobúrguer de jumule?

Zeek e sua família se afastam pelo corredor que leva ao pátio, quando ouço uma voz familiar chamar meu nome.

Ao me virar, vejo minha mãe e meu pai fazendo malabarismos com uma montanha de bagagem, pouco antes de ser atacado por uma fileira de irmãos. Não consigo nem entender o que eles estão dizendo, porque Kip, Chip e Flip me seguraram pelos braços; Candy, Tandy e Randy se agarram a minhas pernas; Kate, Kat e Kit estão enroscados com Hoop e Hilda; e Mike, Mick e Mary pulam por cima dos outros pra subir em minha cabeça. Somente Donovan não está grudado em mim como uma craca carente, porque ele está no colo de minha mãe, com o papai ao lado dela.

— É verdade que você conheceu Shane Shandar? — Candy chega a ofegar.

— É verdade que você quase morreu?! — pergunta Mick.

— É verdade que Daz deu um beijo em sua bochecha? — Hilda quer saber.

A terceira pergunta me surpreende, mas eu gaguejo um "s-sim!", caindo no chão afundado em uma pilha gigante de abraços.

— Tudo isso é verdade! Eu conheci Shane Shandar! E ele é tão incrível quanto vocês possam imaginar. Até mais incrível!

Meus irmãos saem de cima de mim, e então minha mãe e meu pai se ajoelham. Mamãe fica me olhando por longos instantes, e depois me dá um beijo no rosto.

— Mamãe! — reclamo sem querer reclamar.

— Ficamos muito preocupados com você — diz ela, com os olhos marejados.

— Mas também estamos muito orgulhosos — acrescenta meu pai, colocando sua mão forte em meu ombro. — Não é qualquer um que teria feito o que você fez.

— Que perigo! — Minha mãe me abraça, apertando-me com tanta força que parece que vou explodir.

— Não precisavam se preocupar, se querem saber — diz uma voz familiar atrás de mim.

E, como se tivessem sido enfeitiçados, meus irmãos congelam e seus olhos quase saltam para fora da cabeça.

— É verdade — o diretor Munchowzen o apoia. Ele está sentado em sua nova cadeira de rodas, com seu bigode branco espesso se curvando em um sorriso. — Aliás, posso falar com você, meu jovem? Prometo não demorar muito.

Olho para meus pais e eles concordam com a cabeça, sorrindo.

Mas meus irmãos ainda não estão satisfeitos, e acho que não conseguiria escapar deles se não fosse pelo que Shane Shandar faz em seguida.

— Digam, crianças — começa Shane, fazendo um gesto com a cabeça para mim. — Quem quer ouvir sobre a vez em que me meti em uma briga e lutei com Scarlet Vérmea das Montanhas Dentadas?

— Eu! — grita Kip.

— Oba! — os outros entram na onda.

Sigo o diretor Munchowzen, que conduz sua cadeira até o canto mais distante do pátio, em uma pequena área de musgo verde exuberante.

— Isso? — eu sugiro, apontando para o pátio cheio de crianças e famílias felizes, pessoas rindo, comendo e brincando juntas.

Mas algo me diz que não é isso o que Munchowzen quer dizer. Então, tenho que admitir que talvez eu não saiba mesmo.

— Pra falar a verdade, não sei exatamente o que é normal por aqui.

— Eu gostaria de saber. — Munchowzen me dirige um sorriso gentil.

— Foi muito amável de sua parte deixar os exilados voltarem para a escola — acrescento, observando Kindra e Magnus apostarem uma corrida maluca de sacos.

— Zeek e Axel provaram que a ideia tinha valor — Munchowzen responde com franqueza. — Foi você quem me fez enxergar isso, se você se lembra. É sobre isso que quero conversar, senhor Cooperson. — O diretor Munchowzen se vira para mim, com olhos curiosos. — Sabe o que aconteceu com Dorian Ryder ou seu companheiro Kodar?

— Sendo totalmente sincero, diretor... — Balanço a cabeça. — Não sei bem o que aconteceu com eles depois de... tudo.

— Ninguém sabe ao certo. — Munchowzen, pensativo, acaricia o bigode com seus longos dedos verdes. — Mas alguns dos antigos exilados acreditam que eles podem ter escapado.

— O senhor acha que eles vão querer se vingar? — Enrugo a testa, preocupado.

— Isso eu não sei. — Munchowzen respira fundo. — Só podemos torcer para que a queda de Rake tenha significado a dissolução total dos exilados. E que Dorian Ryder e Kodar um dia cheguem a se dar conta dos erros que cometeram.

— Espero que sim.

E é verdade. Dorian e eu não somos tão diferentes. Tá, tudo bem, nós somos diferentes, mas em muitos aspectos somos parecidos. Nós dois somos crianças humanas que desejavam com todas as nossas forças ser aventureiros. Mas nossos sonhos se afastaram em algum ponto do caminho.

— Ainda acho que, no fundo, há algo de bom neles, diretor. Eles apenas fizeram escolhas ruins. Em circunstâncias difíceis.

— Concordo com você — continua Munchowzen. — Na verdade, acho que ninguém é naturalmente ruim. Ou naturalmente bom, aliás. No final das contas, o que importa são nossas escolhas. E entender como elas afetam as outras pessoas.

— Acho que esse é um jeito sábio de encarar as coisas.

— Espero que sim. — Munchowzen ri. — Foi você quem me ensinou isso também. Parece que aprendo muito com você, meu jovem.

Ele faz uma pausa e respira profundamente de novo, aproveitando o momento. Em seguida, vira a cabeça para observar a corrida de sacos, com os olhos brilhando.

— Talvez essa seja a maior recompensa de ser um professor.

Por um momento, ficamos sentados lado a lado, observando a diversão em silêncio. E me dou conta de que estou na presença de um homem realmente grandioso. O tipo de pessoa que para e pensa intensamente sobre tudo. O tipo de pessoa que se viu diante de milhares de escolhas difíceis. Escolhas que envolveram antigos amigos como Lazlar Rake, e ex-alunos como Shane Shandar... Escolhas sobre tesouros inestimáveis, relíquias poderosas... Sobre lutar pelo que se acredita, mas também sobre quando perdoar. O diretor Munchowzen diz que aprendeu muito comigo, mas fui eu que aprendi muito com ele.

— Ei, Coop! Somos os próximos na corrida de saco! — ouço Daz gritar do outro lado do pátio e vejo que ela já está com um par de sacos na mão. Seu rosto brilha de alegria e entusiasmo.

— Scrumpledink é o próximo a participar do tanque de imersão! — Ingrid acrescenta, com um sorriso malicioso.

— E ainda tem muito mais bolo de túnel! — Mindy dá uma mordida enorme em uma guloseima que tem metade de seu tamanho.

— Que delícia! — Zeek concorda, dando uma garfada.

Olho para o diretor Munchowzen, num pedido mudo de autorização.

Ele acena com a cabeça.

— Acho que seus amigos precisam de você — diz ele com um sorriso.

— Vamos, Coop! — Oggie me chama, olhando para mim com expectativa, assim como os outros. — Você vem ou não?

Sorrio e digo:

— Eu não perderia isso por nada no mundo.

LEIA TAMBÉM

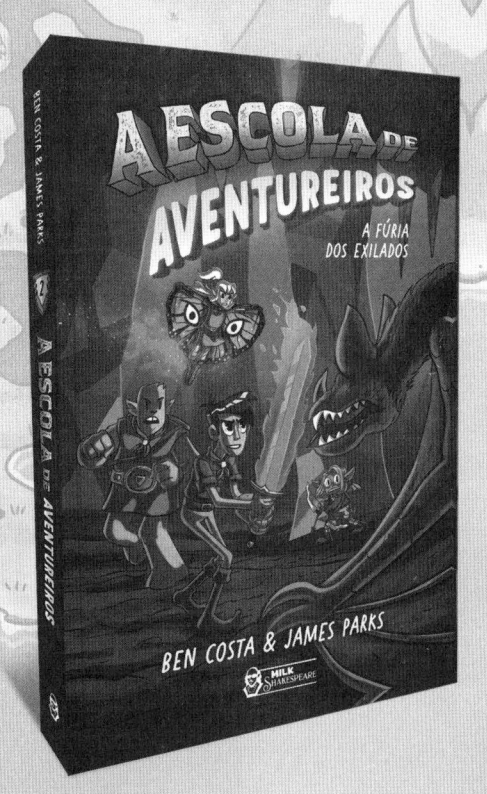

A ESCOLA DE AVENTUREIROS: O LABIRINTO DE COGUMELOS
BEN COSTA & JAMES PARKS

A ESCOLA DE AVENTUREIROS: A FÚRIA DOS EXILADOS
BEN COSTA & JAMES PARKS

ASSINE NOSSA NEWSLETTER E RECEBA INFORMAÇÕES DE TODOS OS LANÇAMENTOS

www.faroeditorial.com.br

ESTA OBRA FOI IMPRESSA
EM SETEMBRO DE 2024